中华复兴之光
博大精深汉语

丰厚散文作品

鹿军士 主编

汕头大学出版社

图书在版编目（CIP）数据

丰厚散文作品 / 鹿军士主编. -- 汕头 ： 汕头大学
出版社，2016.1（2023.8重印）
（博大精深汉语）
ISBN 978-7-5658-2352-7

Ⅰ．①丰… Ⅱ．①鹿… Ⅲ．①散文－文学欣赏－中国
Ⅳ．①I207.6

中国版本图书馆CIP数据核字 (2016) 第015328号

丰厚散文作品　　　　　　　FENGHOU SANWEN ZUOPIN

主　　编：鹿军士
责任编辑：邹　峰
责任技编：黄东生
封面设计：大华文苑
出版发行：汕头大学出版社
　　　　　广东省汕头市大学路243号汕头大学校园内　邮政编码：515063
电　　话：0754-82904613
印　　刷：三河市嵩川印刷有限公司
开　　本：690mm×960mm 1/16
印　　张：8
字　　数：98千字
版　　次：2016年1月第1版
印　　次：2023年8月第4次印刷
定　　价：39.80元
ISBN 978-7-5658-2352-7

前　言

党的十八大报告指出："把生态文明建设放在突出地位，融入经济建设、政治建设、文化建设、社会建设各方面和全过程，努力建设美丽中国，实现中华民族永续发展。"

可见，美丽中国，是环境之美、时代之美、生活之美、社会之美、百姓之美的总和。生态文明与美丽中国紧密相连，建设美丽中国，其核心就是要按照生态文明要求，通过生态、经济、政治、文化以及社会建设，实现生态良好、经济繁荣、政治和谐以及人民幸福。

悠久的中华文明历史，从来就蕴含着深刻的发展智慧，其中一个重要特征就是强调人与自然的和谐统一，就是把我们人类看作自然世界的和谐组成部分。在新的时期，我们提出尊重自然、顺应自然、保护自然，这是对中华文明的大力弘扬，我们要用勤劳智慧的双手建设美丽中国，实现我们民族永续发展的中国梦想。

因此，美丽中国不仅表现在江山如此多娇方面，更表现在丰富的大美文化内涵方面。中华大地孕育了中华文化，中华文化是中华大地之魂，二者完美地结合，铸就了真正的美丽中国。中华文化源远流长，滚滚黄河、滔滔长江，是最直接的源头。这两大文化浪涛经过千百年冲刷洗礼和不断交流、融合以及沉淀，最终形成了求同存异、兼收并蓄的最辉煌最灿烂的中华文明。

五千年来，薪火相传，一脉相承，伟大的中华文化是世界上唯一绵延不绝而从没中断的古老文化，并始终充满了生机与活力，其根本的原因在于具有强大的包容性和广博性，并充分展现了顽强的生命力和神奇的文化奇观。中华文化的力量，已经深深熔铸到我们的生命力、创造力和凝聚力中，是我们民族的基因。中华民族的精神，也已深深植根于绵延数千年的优秀文化传统之中，是我们的根和魂。

中国文化博大精深，是中华各族人民五千年来创造、传承下来的物质文明和精神文明的总和，其内容包罗万象，浩若星汉，具有很强文化纵深，蕴含丰富宝藏。传承和弘扬优秀民族文化传统，保护民族文化遗产，建设更加优秀的新的中华文化，这是建设美丽中国的根本。

总之，要建设美丽的中国，实现中华文化伟大复兴，首先要站在传统文化前沿，薪火相传，一脉相承，宏扬和发展五千年来优秀的、光明的、先进的、科学的、文明的和自豪的文化，融合古今中外一切文化精华，构建具有中国特色的现代民族文化，向世界和未来展示中华民族的文化力量、文化价值与文化风采，让美丽中国更加辉煌出彩。

为此，在有关部门和专家指导下，我们收集整理了大量古今资料和最新研究成果，特别编撰了本套大型丛书。主要包括万里锦绣河山、悠久文明历史、独特地域风采、深厚建筑古蕴、名胜古迹奇观、珍贵物宝天华、博大精深汉语、千秋辉煌美术、绝美歌舞戏剧、淳朴民风习俗等，充分显示了美丽中国的中华民族厚重文化底蕴和强大民族凝聚力，具有极强系统性、广博性和规模性。

本套丛书唯美展现，美不胜收，语言通俗，图文并茂，形象直观，古风古雅，具有很强可读性、欣赏性和知识性，能够让广大读者全面感受到美丽中国丰富内涵的方方面面，能够增强民族自尊心和文化自豪感，并能很好继承和弘扬中华文化，创造未来中国特色的先进民族文化，引领中华民族走向伟大复兴，实现建设美丽中国的伟大梦想。

目 录

秦汉散文

002　卜爻辞开启古代散文之端

008　记述事件演化为历史散文

018　文史哲为一体的儒家散文

023　汉初政论文的发展与繁荣

028　汉赋的起源形成与兴盛

033　司马迁著作开创传记文学

037　《汉书》和其他汉代散文

六朝散文

骈文的形成发展与鼎盛　042

汉魏之际和魏晋之际散文　047

声情并茂的西晋抒情散文　053

朴实自然的东晋情志散文　057

南朝散文开启骈俪之风　062

保持清新简洁的北朝散文　067

唐宋散文

蓬勃兴起的唐宋古文运动　074

韩愈丰富卓越的散文成就　079

苏轼开创鼎盛的散文格局　085

北宋著名散文家的创作　091

辽金元承前启后的散文　095

明清散文

102　明代前期和中期各派散文

108　公安派竟陵派开辟新境界

113　体现时代的晚明小品文

117　继承并发展的清代散文

秦汉散文

　　我国古代散文的发端，可以追溯至殷商时代。在商朝的甲骨卜辞中，已经出现不少完整的句子。西周时期的青铜器上常刻有长达三五百字的铭文。这些句子和铭文就是我国最早的散文。

　　春秋战国时期是先秦散文蓬勃发展的阶段，出现了许多优秀的散文著作。当时的散文可分为两种，一种是历史散文，一种是诸子散文。

　　两汉的散文在许多方面继承先秦传统而有所发展，涌现出了许多著名的散文家。汉赋是在汉代涌现出的一种有韵的散文，在两汉400年间，一般文人多致力于这种文体的写作，因而盛极一时。

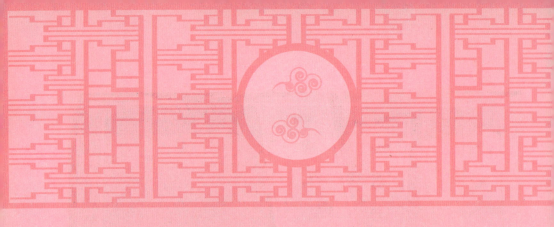

卜爻辞开启古代散文之端

　　殷商的时候，人们的生产能力还十分落后，对世界的认识还处于萌芽阶段，他们很迷信，风、雨、雷、电这些自然现象通常令他们很害怕，认为风雨雷电是天上的神仙在大发脾气。为了事先能知道天上的神仙的旨意，他们学会了占卜。

　　在占卜之前，殷人先把龟甲和牛肩胛骨锯削整齐，然后在甲骨的背面钻出圆形的深窝和浅槽，占卜时，先把要问的事情祷告并述说清楚，接着用燃烧着的木枝，对深窝或槽侧烧灼，烧灼到一定程度，在甲骨的相应部位便显示出裂纹来。

　　占卜者根据裂纹的长

短、粗细、曲直、隐显，来判断事情的吉凶、成败。占卜后，便用刀子把占卜的内容和结果刻在卜兆的近处，这就是卜辞。刻有卜辞的甲骨被当作重要资料妥善收藏在窖穴中。

甲骨卜辞长短不一，短的只有几个字，长的可有百余字，记事简略，叙事朴素。甲骨卜辞的内容博杂广泛，包括战争、狩猎、祭祀、生产、气候、疾病等，均记载在上面，可以说无所不记。

戊辰卜，及今夕雨？弗及今夕雨？

癸卯卜，今日雨。其自西来雨？

其自东来雨？其自北来雨？其自南来雨？

这是关于风雨的占卜，是卜问今日是否降雨以及降雨将来自何方。

今夕奏舞，有从雨。

这是记录晚间在舞蹈时，遭遇了雨水。

甲骨卜辞简单、朴素，有韵有散，文字简朴，句意明确，形式规范，叙述完整周到，表达出一个完整的意思，是一种十分简单的叙事散文。

商周时期帝王、贵族将文字镂刻在青铜器上，内容多是记述奴隶主贵族的祭典训诰、征伐功绩、赏赐策命、盟誓契约等，这就是铜器铭文。由于文字是镂刻在青铜器上，因此，铜器铭文也称金文、钟鼎文。

铜器铭文要比甲骨卜辞记载的事情要繁杂得多，但是字句简短，早期一般仅用一至五六个字记作器者之名、所纪念的先人庙号等。商代晚期出现了较长的铭文，但最长的铭文也仅有四五十字，内容多数是因接受赏赐而作纪念以示荣宠的记录。

进入周代，铜器铭文有了进一步发展，达到了鼎盛时期。周代铭文在殷商铭文的基础上，篇幅逐渐加长，两三百字的颇为多见。

《朕匜》铭文157字，是一篇内容完整的西周法律判决书；《史墙盘》铭文284字，是一首关于家史的叙事诗；《散氏盘》铭文357字，是一篇关于外交的和约文件；《毛公鼎》497字，是一篇关于庙堂典章的记载。

周代铭文十分丰富，同时也十分复杂。记载的内容包括重大历史事件、社会经济、法律制度、战事事迹等，还记载了册命，详载器主觐见周王，受封官职，并得到赏赐的经过，方方面面，记载得十分广泛和详细。

　　周代铭文具有一定的文学价值，能够用比较完整的语言叙述社会内容，许多铭文善用韵语，且喜欢用整齐的4字句；有的铭文还具有比较浓厚的文学气息。《曶鼎》以记事为主，叙事有一定的规模；《毛公鼎》侧重记言。

　　铜器铭文的风格多庄重典雅、朴素简约，多为散体，少有韵文。记事记言，或者简单，或者复杂些，但同甲骨卜辞一样古奥难懂。

　　《周易》是一部阐释自然规律及社会发展规律的哲学著作，相传是周人所作。《周易》有《经》和《传》两部分。《经》是《周易》的经文部分，又称《易经》，集中反映了宇宙万事万物的现象和发展变化的规律。它形成在殷商之际，大体定型于西周。

　　《经》内容涉及的范围很广，自然现象和自然灾害以及社会生活中的战争、祭祀、生产、商旅、风俗等都包括在内。《经》比较广泛

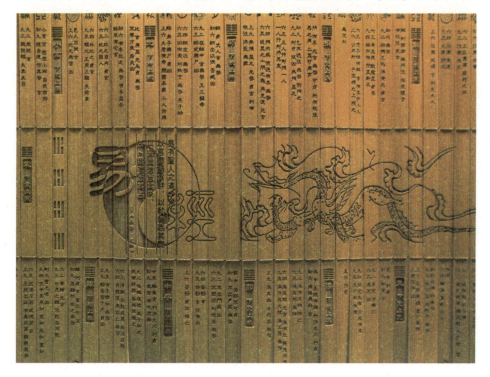

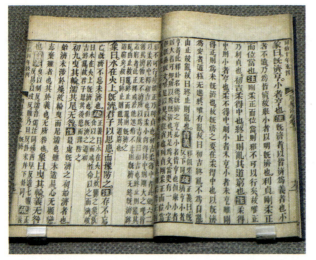

地反映了当时的社会风貌，表达了某种生活经验和哲理。

《传》又称《易传》，是用来阐发义理的哲学典籍，是对《经》最严密的注释、说明和发挥。它大致形成于战国时期，内容由10篇组成，又称"十翼"，是汇集多人的写作而成。全书以散文为主，夹杂部分韵文，有些地方运用了文学描写和表现手法，有时还引用和模仿了民歌。

《周易》的卦爻辞是用一种散文形式写成的，它呈现出一种散文新的思维和表达方式，即在具体的形象或意象中直接体现出抽象的普遍哲理。它不同于甲骨卜辞对某一次龟卜的过程、内容、结果的实录，而是对筮卜所得的卦象、爻象作出象征性的说明。

《周易》的卦爻辞多从一些感性、直接的物象、事象、意象中让人感悟、体验、抽象出具有普遍意义的关于事物发展变化的可能性，创造出一种从感性直观的具体形象中，直接抽象升华出普遍哲理的思维和表达方式。

《周易》的卦爻辞是用凝练含蓄的语言对特定人物的动态、神态作生动传神的描绘，具有一定的形象性和较丰富的表现力。另外，卦爻辞的语言散韵相间，有时还运用对偶句，句式简短，变化灵活。

《周易·井》记载：

改邑不改井，无丧无得；往来井，井汔至，亦未缩井。

赢其瓶。凶。

这个记载语言平实，内涵深刻，能够让人深省，富有寓言特色。这个记载是周易卦爻辞中富有隽永的寓言特色的突出文字，可谓开了寓言文学的先河。

《周易》的卦爻辞多数语言简短零碎，但要比甲骨卜辞和铜器铭文完整，表达的意思也更明确，而且具有一定的文学色彩，是一种富于形象、富于哲理而又散韵相间的散文形态。

春秋时期，铜器铭文虽然仍受重视，但是其重要性已经比不上西周时期。当时仍有很长的铭文。例如宋代发现的齐灵公大臣叔弓所作的一件大镈，铸有器主夸耀自己的出身和功绩，并记载齐灵公对他的诰命的长铭，铭文共493字。

叔弓的编钟上也铸有内容基本相同的铭文，全文由7个编钟合成，长达501字。

战国中期开始，铜器铭文越来越少了，"物勒工名"式的新式铭文则大量出现。这种铭文字数一般不多，所记的主要是作器年份、主管作器的官吏和作器工人的名字以及使用器物的地点等。

秦汉时代的铜器铭文，除了常见的秦代开国之君秦始皇和他的儿子秦二世的诏书以外，绝大多数是"物勒工名"式的或标明器物主人的铭文。

知识点滴

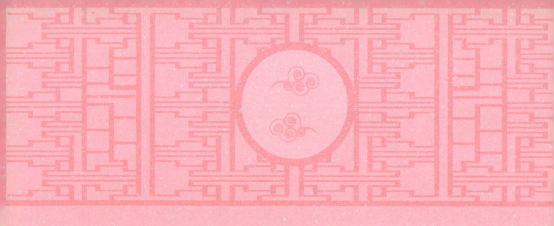

记述事件演化为历史散文

　　殷商和春秋时期，史官文化十分发达，史官把很多史事记载下来，这就形成了最早的历史散文。历史散文又叫史传散文。

　　历史散文以记述历史事件的演化过程为主，讲求史料价值。史官记载的史事，可以说无所不包，包括史实、传说、观象、占卜、典

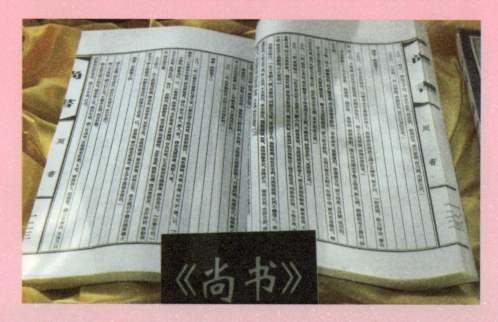

《尚书》

章、制度、礼乐、刑法、祭祀等。先秦历史散文的代表作有《尚书》《春秋》《左传》《国语》《战国策》等。

《尚书》即"上古之书"，是我国最早的历史散文，又称《书》《书经》，为一部多体裁文献汇编，分为《虞书》《夏书》《商书》《周书》。

《尚书》是我国最早的记言的历史文献，它保存了商周特别是西周初期的一些重要史料。据说原有100篇，为孔子所纂辑。

《尚书》中的《商书》是殷商史官所记的誓、命、训、诰。其中可信的有《盘庚》《高宗肜日》《西伯戡黎》等篇。

据周初文献说，殷先人有册有典，上述诸篇就是包括在这些典册之内而被保存下来的。《盘庚》是殷王盘庚迁都前后对世族百官、百姓和庶民的讲话，古奥难懂。

《尚书》中的《周书》包括周初到春秋前期的散文，可信者有20篇。除《文侯之命》《秦誓》外，其余各篇都是西周初期的文献。

其中重要的有《牧誓》《大诰》《洛诰》《多士》《无逸》。这些文章可能均出于史官之手，同《商书》一样古奥难懂。

《无逸》一篇告诫周成王要体谅人民种地的艰难，不可贪图逸乐，要效法周文王勤劳节俭，"怀保小民"，"无淫于观、于逸、于游、于田"，"无若殷王受之迷乱酗于酒德"。

《无逸》叙述颇有条理，有层次，从记叙文的结构上看较以前的文章有显著进步。

《秦誓》篇是春秋时秦穆公的悔过之辞。通篇始终用对比描写手法，这是散文创作的进一步发展。

《春秋》是我国现存的最早的一部编年体史书，记载了从公元前722年至公元前481年鲁国时期224年的历史，

《春秋》以"年·时·月·日记事"为体裁。年是指鲁国之君主、鲁公在位纪年；时是指季节，四季之"春、夏、秋、冬"；月是指正月、二月、三月……；日是指甲子、乙丑、丙寅……记事指短句构成。

鲁国史官把当时各国报道的重大事件，按照年、季、月、日记录

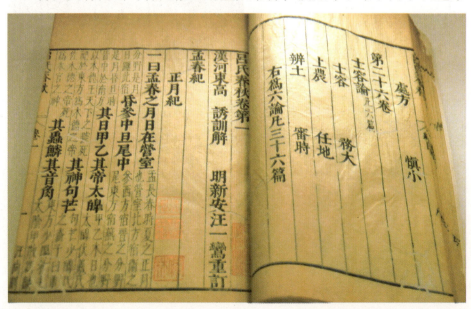

下来，一年分春、夏、秋、冬四季记录，孔子在此基础上整理修订而成《春秋》。

《春秋》的内容很丰富，它虽是鲁国史的一部分，但它把鲁国以外的其他国家，以及当时天下大势的演变情况，也作了广泛的记载。春秋224年间诸侯间攻伐、盟会及祭祀、灾异、礼俗等，都有

记载。它所记鲁国二十公的世次年代，经考证完全正确。

《春秋》也记载了一些自然现象，如日食、月食、地震、山崩、星变、水灾、虫灾等，所载日食与西方学者所著的《蚀经》比较，互相符合的有30多次。

《春秋》精辟地记叙了公元前611年哈雷彗星的事，而且，它还记录了公元前687年3月16日那天"夜中星陨如雨"的陨石雨情况。此外，《春秋》还记载了一些祭祀、婚丧、城筑、宫室、搜狩、土田等情况。

《春秋》时期的文字非常简练，事件的记载很简略，最少一字，如僖公三年六月"雨"；或二三字，如僖公三年夏四月"不雨"、八年夏"狄伐晋"；即使是最多字的"定公四年春三月"叙述也不超过45个字。《春秋》最初原文仅18000多字，三国曹魏时张晏计算《春

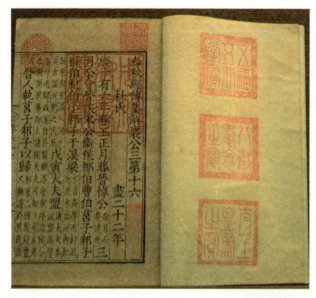

秋》共有18000字，晚唐人徐彦的计算亦有18000字，南宋王观国《学林》则记载有16500个字。

《春秋》用字意寓褒贬，因借其意。对历史人物和事件往往寓有褒贬而不直言，这种写法称为"春秋笔法"。"春秋笔法"也叫"春秋书法"或"微言大义"，是古代的一种历史叙述方法和技巧。

孔子首创了这种文章写法，即在文章的记叙之中表现出作者的思想倾向，而不是通过议论性文辞表达出来。春秋笔法以合乎礼法作为标准，既包括不隐晦事实真相、据事直书的一面，也包括"为尊者讳，为亲者讳，为贤者讳"曲笔的一面。

《春秋》有明确的时间顺序的特点，这对后世编年体史书的发展产生了很大的影响，北宋时由司马光主编的历史巨著《资治通鉴》，就是按年、月、日顺序写的编年体史书。

《左传》原名《左氏春秋》，简称《左传》，是为《春秋》作注解的一部史书，与《春秋公羊传》《春秋谷梁传》合称"春秋三传"。

《左传》共35卷，记述的历史起自公元前722年，止于公元前468年，是我国第一部叙事完整的编年体历史著作，为"十三经"之一。

《左传》记事年代大体与《春秋》记事年代相当，只是后面多出了17年。它补充并丰富了《春秋》的内容，不但记载鲁国一国的史实，而且还兼记各国历史。

不但记政治大事，还广泛涉及社会各个领域的"小事"，内容包括诸侯国之间的会盟、婚丧、典章制度、社会风俗、民族关系、道德观念、历法时令等，对凡是可以借鉴和劝诫的事都进行了记载。

《左传》一改《春秋》逐事简单记录的流水账式的记史方法，代之以有系统、有组织的史书编纂方法，不但记春秋时史实，而且引证了许多古代史实，这就大大提高了《左传》的史料价值。

《左传》的史学价值极高，是继《尚书》《春秋》之后，开《史记》《汉书》之先河的又一部重要典籍之一。

《经学通论·春秋》评论说：左氏叙事之工，文采之富，即以史论，亦当在司马迁、班固之上，不必依傍经书，可以独有千古。

《左传》不仅是史学著作，也是一部非常优秀的文学著作，文学色彩浓厚，它"情韵并美，文采照耀"，较以前任何一种著作，它的叙事能力表现出惊人的发展。许多头绪纷杂、变化多端的历史大事件，都能处理得有条不紊，繁而不乱。

《左传》长于记述战争，善于将每一战役都放在大国争霸的背景下展开，对于战争的远因近因，以及各国关系的组合变化，战前策划，交锋过程，战争影

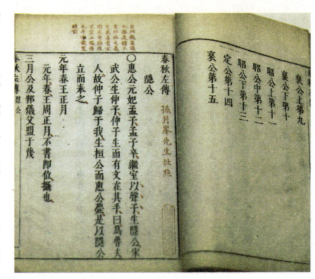

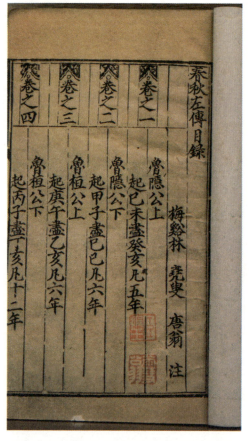

响等内容，以简练而不乏文采的文笔写出，且行文精练、严密而有力。

作为编年史，《左传》的情节结构主要是按时间顺序交代事情发生、发展和结果。在叙述事情时，运用了很多倒叙、预叙、插叙和补叙的手法。

《左传》代表了先秦史学和文学的最高成就，对后世的史学、散文、戏剧等产生了很大影响，特别是对确立编年体史书的地位起了很大作用。

《国语》是我国最早的一部国别体著作，记录了周朝王室和鲁国、齐国、晋国、郑国、楚国、吴国、越国等诸侯国的历史。记载时间上起公元前990年，下至公元前453年。内容包括各国贵族间朝聘、宴飨、讽谏、辩说、应对之辞以及部分历史事件与传说。

《国语》按照一定顺序分国排列记述，在内容上偏重于记述历史人物的言论。

《国语》中各国语在全书所占比例不一，每一国记述事迹各有侧重。《国语》对东西周的历史都有记录，侧重论证记言。

《鲁语》记春秋时期鲁国的事，但不是完整的鲁国历史，很少记录重大历史时间，主要是针对一些小故事发表议论。

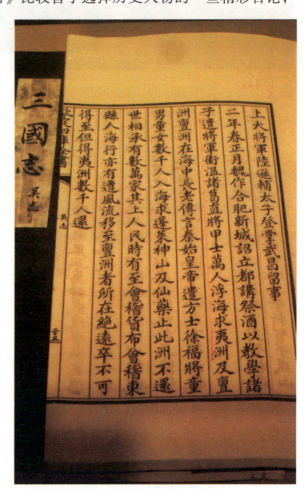

《齐语》记录了齐国国君齐桓公称霸之事，主要记载了齐国大臣管仲和国君齐桓公的话语。

《晋语》篇幅最长，共有9卷，对晋国历史记录较为全面、具体，叙事成分较多，特别是文中侧重于记述晋国国君晋文公的事情。

《郑语》则主要记西周太史史伯论天下兴衰的言论；《楚语》主要记楚国国君楚灵王、楚昭王时期的事迹；《吴语》记载了吴王夫差攻打越国的事情；《越语》仅记载越国国君勾践打败吴国的事。

在文学方面，《国语》比较善于选择历史人物的一些精彩言论，来反映和说明某些社会问题。在叙事方面，有缜密、生动之笔。很多文章写得波澜起伏，为历代传诵的名篇。还有些句子写得较精练、真切。

《国语》开创了以国分类的国别史体例，对后世产生了很大影响，西晋文学家陈寿的《三国志》、北魏史官崔鸿的《十六国春秋》、清代文学家吴任臣的《十国春秋》，都是《国语》体例的发

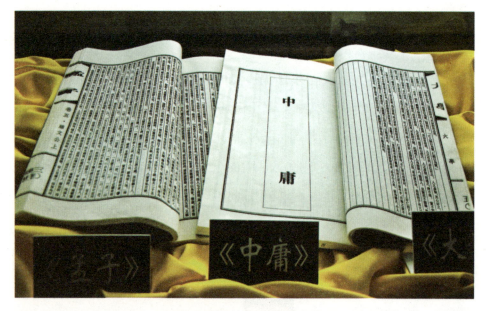

展。另外，其缜密、生动、精练、真切的笔法，对后世进行文学创作亦有很好的借鉴意义。

《战国策》也是一部国别体史书，相传是西汉末年人刘向在前人的基础上汇编而成。《战国策》主要记述了战国时期的纵横家的政治主张和策略，展示了战国时代的历史特点和社会风貌。

全书按东周、西周、秦国、齐国、楚国、赵国、魏国、韩国、燕国、宋国、卫国、中山国依次分国编写，分为12策，33卷，497篇。所记载时代上接春秋，下至秦并六国，约240年的历史。

从史学的角度看，《战国策》是我国古代记载战国时期政治斗争的一部最完整的著作。战国时期政治格局风云变幻，各诸侯国合纵连横，政权更迭，这些都与谋士献策、智士论辩有关，《战国策》就是记录纵横之士的政治主张和政治策略的，具有重要的史料价值。

从文学的角度看，《战国策》是一部优秀的散文集，它文辞优美，语言生动，论事透辟，写人传神，还善于运用寓言故事和新奇的比喻来说明抽象的道理，具有浓厚的艺术魅力和文学趣味，对两汉以来史传文、政论文的发展产生了积极的影响。

先秦时期的历史散文开我国历史散文的先河，非常具有代表性，对后世历史学家和古文家的写作有极其深远的影响。

关于《春秋》出自何人之手，一直争议不断。

一种说法认为《春秋》出于大圣人孔子之手，有"文王拘而演周易、仲尼厄而作春秋"之说作为佐证。最流行的说法是：《春秋》是孔子晚年呕心沥血之作。

孔子周游列国经历了14年之久，在68岁返回鲁国后，以"国老"身份问政，因此有条件阅读鲁国档案。他为寓寄自己的政治理想和主张，以便留给后人效法，就用晚年的精力编纂《春秋》等"六经"。

另一种说法则持否定意见，清人袁谷芳《春秋书法论》说：《春秋》者，鲁史也。鲁史氏书之，孔子录而藏之，以传信于后世者也。

石韫玉《独学庐初稿·春秋论》也说：《春秋》者，鲁史之旧文也。《春秋》共十二公之事，历二百四十年之久，秉笔而书者必更数十人。此数十人者，家自为师，人自为学，则其书法，岂能尽同？

虽然争议不休，但其经过孔子之手修而改之的说法，却没有大的分歧，得到了一致的认同。

知识点滴

文史哲为一体的儒家散文

春秋战国时期，各种思想流派的代表人物纷纷著书立说，宣传自己的社会政治主张，这就形成了诸子散文。诸子散文思想迥异，风格各异。

儒家散文是诸子散文中非常重要的组成部分，是记录儒家学派思想言论的，对我国文学和哲学的发展有着巨大的影响。儒家散文主要包括《论语》《孟子》《荀子》。

《论语》以语录体和对话文体为主，叙事体为辅，记录了儒家创始人孔子及其弟子的言行，集中体现了孔子的政治主张、伦理思想、

道德观念及教育原则等。

孔子是《论语》描述的中心，书中不仅有关于孔子仪态举止的静态描写，而且有关于他的个性气质的传神刻画以及他思想观念的朴实表达，具有浓郁的文学意味。

《论语》基本是口语，通俗易懂，文字简括，一般只述说自己的观点，而不加以充分的展开和论证，从而形成质朴的语言风格。《论语》还带有浓郁的诗味，给人以悠然神远之感。

《论语》中有很多言简意赅、富有哲理与启示性的语句，这些语句大多抑扬顿挫，朗朗上口。另外，《论语》中还运用了很多灵活多变的修辞手法，从而使语言更加含蓄、形象、生动。《论语》的语言达到了贴切、通俗、精练的境地，形成了字稳句妥、文笔流畅的特色。

《孟子》也是一部重要的儒家散文经典著作，主要记录了战国时代邹国思想家孟子的言行。是"四书"之一。

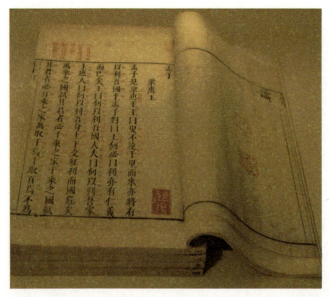

孟子是战国中期仅次于孔子的儒家大师，唐代以后受到推崇，宋代以后被封为"亚圣"，意即仅次于圣人。

《孟子》由《论语》的语录体发展而来，详细地记录了孟子谈话的场合和所涉及的人和事，记录了孟子和谈话对象意见的分歧、双方展开辩论的过程和各自的情态，增加了形象描写成分，再现了孟子的性格、情感、心理活动和人格精神。

从《论语》到《孟子》有逐渐向成熟的说理文过渡的趋势，代表了论说文章形式构造向前发展的过渡阶段。

《孟子》中的对话充满了论辩性，其气势雄健。书中，孟子在各诸侯国诸侯面前总是高谈阔论，纵横捭阖，有时犯颜诘问，有时因势利导，尤其善于掌握对方心理，从容陈词，步步紧逼，有着纵横家的气概。

《孟子》中的《梁惠王》上的《齐桓晋文之事》章、《滕文公》上的《陈相见孟子》章、《告子》上的《性犹杞柳也》章等，都层层深入记录了孟子同他所谈话对象的不同政治观点、不同学术思想的论辩过程，论中有辩，说中有诘，体现了《孟子》长于辩论、论战性强、言辞机敏、感情激越的风格特色。

《孟子》还善于使用比喻说理，这些比喻浅显平易而且生动活泼，灵活巧妙而又准确贴切，取材大多是人们身边常见的生活现象和直接体验。对于不同的谈话对象，孟子总是能够根据他们的不同身份、爱好，联系密切的身边事物进行比喻。

《孟子》中还有数量不多，但很精彩的寓言故事，这些寓言故事也多是取材于社会生活，包含着深刻的讽刺教诲意义。故事所描写的人物具有典型意义。故事情节多数不以荒诞取胜，而以描述的生动性见长。

《荀子》是战国末年赵国著名思想家荀况的著作，记录了荀况的自然观、认识论以及伦理、政治和经济思想。

《荀子》涉及面较广，内容主要包括哲学、政治、经济、历史、军事、文学等方面。《荀子》很多文章每篇专论一个理论问题，标志着专题论文的出现。

每篇有一个揭示主旨的标题，而且围绕中心观点层层深入地展开论述。这种以论为题的文章，成为后世"论"文体的鼻祖。

《荀子》的论文具有多种显著的特色，文章立意统一，体制宏伟，不但结构完整、构思绵密、论证周详、条理明晰，具有极强的逻辑性，而且气势磅礴。

《荀子》的文风平易朴实，亲切自然，讲道理不以巧辩和气势取胜，而是侃侃而谈，反复申说，有一种温文尔雅、谆谆教导的意味。《荀子》论述时特别重视运用修辞艺术，时常引物连类，设喻说理，呈现出一种儒雅之气。

此外，《荀子》还善用整齐对称的排比和骈偶句式。排比与骈偶结合，紧凑纤密，富于气势。有时很注意节奏感与整饰性，表达充分而畅达。有时配合以和谐的音韵，组成整齐排句，形成了具有音乐性的句法。

《荀子》代表着议论散文的成熟，从《荀子》开始，议论散文才正式成为一种独立的文体，构成散文中的一个重要的部类。

知识点滴

《论语》朴实含蓄、雍容和雅、言简意丰，不论在形式上，还是在语言上都为以后各家学派散文的发展奠定了一个良好的基础，也促使了墨、道、名、法等各家风格多样、生动活泼的散文的出现。

《孟子》和《论语》来比较会觉得《孟子》所取的题材要比《论语》广泛得多，《孟子》所反映的现实面貌和社会问题要比《论语》复杂得多，《孟子》的笔调显得比《论语》更为流利、酣畅，《孟子》的语言技巧显得比《论语》更为多样、巧妙。

发展到《荀子》已形成首尾完整、层次清晰、论证严密，是较为成熟的专题论文。

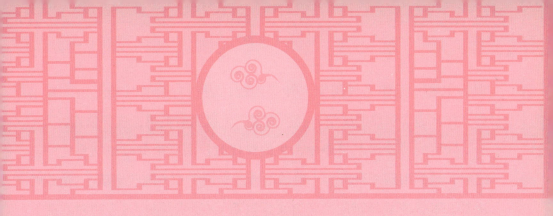

汉初政论文的发展与繁荣

  西汉初年，社会初定，文化方面较少限制，学术思想趋于活跃，很多文人意气风发，锐意进取，力图以自己的所学应用于社会，为国家服务，这就促进了政论文章的发展和繁荣。

  政论文由先秦诸子文章发展而来，作者往往以历代兴亡的经验教

训为主题，抓住当代国家、社会问题，表达自己的政治见解。在书中，作者饱含炽热的感情，畅所欲言，文风纵横驰骋，气势恢宏。

陆贾的《新语》是最早为巩固汉代政权而立论的政论文章之一。之后，是贾山的《至言》、贾谊的《过秦论》和《陈政事疏》《论积贮疏》，紧接着是晁错的《贤良文学对策》《论贵粟疏》《守边对农疏》等政论文章，此外，还有邹阳、枚乘等人的上书献策文章。

《新语》是陆贾的政论文代表作，共12篇，文章大意说明治理天下应当依靠诗书，行仁义。文章多引史事，征古论今，以阐述君主治国的政策，风格晓畅明快。

贾山生活在汉文帝时期，他的政论文代表作《至言》意为极言，直谏之言，属于长篇奏疏，有2500余字。书中，贾山以宏阔的历史眼光总结了秦王朝灭亡的教训，且大加赞扬古代圣王的民主作风，并对现今君王提出希望。

《至言》有战国纵横家说辞的遗风，雄健疏放，善于在铺陈中交错使用短句、长句、疑问句和语气词，造成跌宕起伏的气势，流露出慷慨激昂的情绪。议论中爱把铺张性描摹和结论性判断结合起来，语言简短有力，节奏紧凑。

贾谊是西汉初年著名的政论家、文学家。18岁即显露出惊人的才气，年轻时由河南郡守吴公推荐，20余岁被汉文帝召为博士。不到一年被破格提为太中大夫。

《过秦论》是贾谊政论散文的代表作，分上中下3篇。全文从各个方面分析秦王朝的过失，故名为《过秦论》。该书总结秦速亡的历史教训，以作为汉王朝建立制度、巩固统治的借鉴。

《过秦论》先讲秦代自秦孝公至秦始皇逐渐强大的原因：具有地

理的优势、实行变法图强、正确的战争策略、几代人的苦心经营等。

行文中采用排比式的句子和铺陈式的描写方法，造成一种语言上的生动气势；之后则写将领陈涉虽然本身力量微小，却能使貌似强大的秦国覆灭，从史实的分析中得出"仁义不施，攻守异势"的结论。

《过秦论》有着极佳的美学效果，通篇翻腾激荡，笔势纵放，运用了大量排比、对偶和夸张等渲染手法，使全文充满了不可阻挡的气势。

《陈政事疏》又叫《治安策》，文章没有总结历史经验，而是直指汉初朝廷现实政治的缺点和弊端，提出"众建诸侯而少其力"及其他政治思想。

这些文章篇幅长，气势盛大；观察敏锐，笔锋犀利；纵横驰说，言辞激切；结构严密，富于辞采，有纵横家文章的特点。因此，《治安策》不仅以其政治思想被后人称赞，更以其文调势雅而被后人推崇。

《论积贮疏》中的"积贮者，天下之大命"的思想，让人深省。文章直抒政见，观点鲜明，议论锋利，论证严密，善用对比，笔势流畅，说服力强，有

战国纵横家遗风，无论对历代经济政策的制订，还是对后世政论文的发展都有深远影响。

晁错是西汉汉文帝的谋臣，先因文才出众任汉文帝时太常掌故，后历任太子舍人、博士、太子家令、贤文学等。因辩才非凡，被太子刘启尊为"智囊"。

晁错为人刚直苛刻，直言敢谏，他向汉文帝献言献策，并主持实施了许多积极政策，还写出了《论贵粟疏》《言兵事疏》《贤良文学对策》《说景帝前削藩书》《募民徙塞下书》等大量政论性文章。

《论贵粟疏》文章观点精辟，分析透彻，逻辑谨严，文笔犀利，具有汪洋恣肆的气势和流畅浑厚的风格。

《言兵事疏》将古代兵法推向了一个新的峰巅。文中见解独到，有着深刻的历史依据和坚实的现实基础，具有较强的可行性和操作性。对汉朝的边防巩固起到了巨大的作用，为后来历代军事思想家所借鉴和应用。

晁错的文章被称为"疏直激切，尽所欲言"，其中《贤良文学对策》《言兵事疏》《守边劝农疏》等，皆为"西汉鸿文，沾溉后人，其泽甚远"。

晁错的文章在内容上，不仅应合当时时代的热潮，积极总结古代圣王治世和秦代覆亡的历史经验教训，以政治家深刻的洞察力和匡正时弊的满腔热情，将其视角敏锐地投向事关国计民生、政权安危的一系列重大社会问题，并通过科学的分析论证，不失时机地提出切实可行的主张和具体措施，起到对现实的指导作用。

晁错文章的文学性不如贾谊的文章耐读、美感强，但由于这些文章均善于从历史事实出发，分析时政的利弊得失，见解深刻，尽其所言，因此，不失为优秀的政论文章。

贾谊和晁错的政论文以及邹阳、枚乘等人的上书献策文章把汉初的政论文推向了高潮，这些书中进言的对象已经不再是诸侯之国，而是统一的大汉王朝，因此，书中的视野、见识、气魄均远远超过战国纵横家。

西汉初年，百废待兴，汉高祖刘邦为了给百姓一个休养生息的机会，决定实行无为而治的政策。

陆贾是一位辩才超群的人，他曾经随着刘邦开创事业。刘邦在当上皇帝后，陆贾经常在他跟前说诗书。刘邦一开始对这些没有兴趣。

一次，在陆贾再一次说诗书以后，刘邦发起火来，说如今的天下是我骑在马上得来的，跟诗书有什么关系呢？陆贾马上说，天下能从马上得来，但怎么可能在马上统治呢？

聪明的刘邦很快明白过来，他叫陆贾把秦朝失去天下，汉朝得到天下以及各诸侯国成败的事情写些奏折给他看。陆贾很快写好了一些奏折，呈给刘邦看。刘邦看过，高声称赞，决定对诸家学说采取兼容并包的态度。

知识点滴

汉赋的起源形成与兴盛

汉代有很多君臣为楚地人，他们在将自己的喜怒哀乐之情和审美感受付诸文学时，总是不自觉地采用了《楚辞》所代表的文学样式，从而创造出汉代一种新的文体，这就是汉赋。

赋是一种文体的名称，与"辞"性质相通，可统称为"辞赋"。赋的起源最远可追溯到《诗经》。赋从《诗经》中汲取了极为丰富的营养，它采用了《诗经》的四言句式，继承了《诗经》押韵和对偶的语言形式，发展了《诗经》中铺陈直叙的表现手法。

《楚辞》是战国时期流行的诗体，对汉赋的形成影响巨大，汉赋从楚辞中的《离骚》借鉴了很多东西，包括较长的篇幅、华美的辞藻，问答的结构，描写的句式、感情的抒发等。

战国时期的楚国人宋玉在楚辞的基础上，汲取散文的一些形式特点和表现手法，创作了《高唐赋》《神女赋》《风赋》等赋体作品，这些赋体作品为汉赋的形成奠定了基础。

另外，儒学大师荀子的咏物赋对汉赋的形成也有较大的影响。

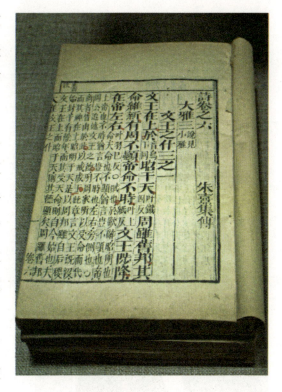

汉赋是韵文与散文相结合的新文体，它像诗，又不是诗，是一种介于韵文和散文之间的特殊文体，是一种特殊的散文方式，它以铺陈叙事和描写见长，富有文采、韵律，兼具诗歌和散文的特点。

汉初期的赋文主要是继承了《楚辞》的传统，称为骚体赋，这类赋体多抒发作者的政治见解和身世感慨。西汉文学家贾谊的《吊屈原赋》、淮南小山的《招隐士》等是汉初骚体赋的优秀代表。

《吊屈原赋》是以骚体写成的抒怀之作，描写出一个善恶颠倒，是非混淆的黑暗世界，表现了对楚国爱国诗人屈原深深的尊重和同情。

《吊屈原赋》在结构上由赋和"讯"辞两部分组成，在表现方法

上综合运用了带有楚辞特色的铺叙和比兴，在句式上以四言、六言为主，句末多带"兮"字，文辞清丽。

《招隐士》是西汉淮南王刘安的门客淮南小山所作，这篇赋采用铺写手法，十分生动地描绘出荒山溪谷的凄凉幽险。感情浓郁，意味深长，音节和谐，优美动人，有着独特的艺术风格和极高的美学价值。

骚体赋之后，汉大赋开始形成。枚乘的《七发》和司马相如的《子虚赋》标志着汉大赋体制的正式形成。汉大赋的流行代表了汉赋的兴盛时期。

汉大赋的文章一般篇幅较长，结构宏大，多在千言以上，它多采用主客问答的结构方式，韵文与散文混用，散文的成分居多，又称为"散体大赋"。

汉大赋的代表作有司马相如的《子虚赋》《上林赋》；东方朔的《答客难》；扬雄的《甘泉赋》；班固的《两都赋》等，这些赋作代表了汉大赋的最高成就。

《子虚赋》是汉代散体赋的巅峰之作，它代表了散体赋的最高成就。通过楚国的使者子虚先生讲述自己随齐王出猎，向齐王极力铺排楚国的广大丰饶。而齐国的乌有先生不服，便以齐国的大海名山、珍奇异宝，来显现齐国的博大富有。

《上林赋》是《子虚赋》的姊妹篇，作品描绘了上林苑宏大的规模，进而描写汉朝天子率众臣在上林狩猎的场面。作者在赋中倾注了大量心血，构造了具有恢宏巨丽之美的文学意象，表现了盛世王朝的宏伟气象。

《子虚赋》和《上林赋》结构宏大，想象丰富，辞藻华丽，描写的场面雄伟壮观，气势磅礴，运用了大量的夸张和比喻的手法，充满了浪漫的气息。在句式上，这两篇大赋句法灵活，多用排比句，并间杂长短句，主要以四六言为主，音韵和谐。

东方朔的《答客难》属于赋的对答体，在文章中多用对照、引证、对偶和设喻，使内容上有较强的思辨色彩。风格上具有了汪洋恣肆的纵横家之风，气势酣畅。

扬雄的《甘泉赋》由远及近，多层次地夸张铺饰甘泉宫的建筑，运用比喻和夸张的手法，极力描绘，形象生动，景物绮丽，境界深远，富有气势。扬雄的其他三篇大赋《羽猎赋》《河东赋》《长杨赋》也具有和《甘泉赋》相似的特点。

班固的《两都赋》分《西都赋》

《东都赋》两篇。《西都赋》篇只写西都，《东都赋》篇只写东都，内容划分清楚，结构合理。

《西都赋》和《东都赋》两篇都具有宏伟的体制，谋篇布局构思严谨，气势磅礴，遣词造句夸张而不失实，华丽而不过度，形成一种典雅庄重的新风格，与其所描写的内容切合紧密。

《西都赋》汪洋恣肆，气势和华彩充盈字里行间；《东都赋》以平正典实见长，同时，两篇赋中都大量运用了骈偶句，大大增加了文章的美感。

汉赋是汉代最流行的文体。是汉代文学最主要的代表，在两汉400年间，一般文人多致力于汉赋的写作，汉赋因而盛极一时。

知识点滴

司马相如，字长卿，四川成都人。西汉著名文学家，初名犬子，因为十分仰慕战国时楚国丞相蔺相如，便改名为相如。

汉景帝时，司马相如做了汉景帝的官。后来由于身体的原因，司马相如辞了官，前往梁地与一些辞赋家相交，期间作《子虚赋》。

县城内有两位富豪，其中有一位是全国的首富卓王孙。两位富豪闻听司马相如的大名后，千方百计请司马相如来家里赴宴。宴席间，司马相如弹了一曲琴曲《凤求凰》。卓王孙之女卓文君被司马相如的人和琴曲所打动，两人一见钟情，私定终身。

《子虚赋》被汉武帝读到，汉武帝非常欣赏司马相如的文采，他马上命令人将司马相如请来。司马相如又作了《上林赋》。《子虚赋》和《上林赋》最终成为汉赋的顶峰作品，流传青史。

司马迁著作开创传记文学

公元前145年，司马迁出生于夏阳，即今陕西韩城。他的父亲司马谈曾任太史令，精通天文、历史，也精通《易经》和道家思想。他对司马迁的成长有着直接的影响。

司马迁六七岁时，跟随父亲来到都城长安，并开始了学习。司马迁勤奋好学，聪慧过人，10岁即能诵读古书，他读了大量的古书。

后来，他拜了文学家董仲舒、古文学家孔安国为师，研究了《春秋公羊传》《古文尚书》，深刻了解了先秦和汉代诸子百家的学术思想及其发展历史。

20岁时，司马迁已经成了一位小有名气的饱学之士，开始了第一次全国各地漫游的生活。在漫游全国各地的过程中，司马迁仔细观察了各地的山川地形，认真探寻了历史遗迹，了解各地的经济生活及民风民情，并搜集各种传说和历史人物的趣闻轶事，漫游生活使司马迁开阔了眼界，丰富了知识。

30岁时，司马迁担任了汉武帝的侍卫官，开始了仕途生涯。他经常跟随汉武帝出巡，游历了很多地方。35岁时，司马迁奉命出使西南地区，从而对西南地区又增进了了解，进一步扩大了自己的见闻。36岁时，司马迁又一次有机会游历了北方，增进了对这一地区的了解。

公元前108年，司马迁继任太史令，他开始阅读国家藏书，研究各种资料、图籍和档案，并开始搜集资料，准备写作《史记》。

公元前104年，司马迁已经42岁，他开始正式写作《史记》。公元前91年，历经13年，司马迁终于完成了《史记》的创作。

《史记》是一部纪传体通史，记载了从传说中的黄帝到汉武帝后期长达3000年左右的历史。全书共130篇，其中本纪12篇，表10篇，书

8篇，世家30篇，列传70篇。

《史记》体系完整，包罗万象，而又融会贯通，分类明确，脉络清晰，翔实地记录了上古时期的政治、经济、军事、文化等各个方面的发展状况。

《史记》既是一部伟大的史学名著，又是一部伟大的文学名著，它开创了以人物为中心的写史文学，它所描写的历史人物传记大多数具有很强的故事性，有的篇章就像是一部历史小说。

司马迁将历史人物形象化，并通过对其具体生动的描写，使之成为历史舞台上的典型人物。《史记》中的历史人物多达4000多个，涉及各行各业。

司马迁十分精于材料的取舍和选择，善于抓住人物具有典型意义的事件和行动，突出每个历史人物的个性特征，增强人物形象的感染力。司马迁还善于运用各种修辞手法、细节描写、心理刻画等手段多个角度来描写、刻画人物形象。

司马迁是个讲故事的能手，善于把某些历史故事写得富有传奇色彩。故事情节曲折多变，又在合适的地方故意制造假象和悬念，极力渲染场景，让人惊心动魄。有些故事来自民间，着重写人的心理，并指出形成某种心理变化的原因，增加了文章的厚度。

《史记》中有很多抒情段落，具有很强的语言节奏感。某些篇章或某些段落是押韵的，从而增强了文章的抒情性。《史记》中还大量引入了诗赋和民间谚语歌谣，这也增强了文章的抒情性。

司马迁还特别善于运用语言，他吸收融合并改造了先秦和汉代的书面语及民间口语，形成了活泼、朴实、自如的语言风格。无论是陈述、议论还是抒情，司马迁从不讲究华饰，从不刻意雕琢，全凭客观表达的需要和人物情绪的发展而写，该简则简，该繁则繁。

《史记》中人物的语言个性化，每个人性格不同，每个人物所说的话也就不同，这些话要和他们的性格、身份、地位以及心理状况相吻合。

《史记》的叙述语言准确精练，生动传神，富于感情和表现力。

司马迁没有采用汉朝时流行的辞赋骈偶形式，而是大量采用了长短相错的散文句式，在先秦散文和汉散文语言的基础上创造了干净利落、优美独特的语言形式，形成了表达通畅自然的散文体裁。

《史记》是我国史传文学的最高峰，开创了传记文学新体裁，它是古代散文的最高峰，其技巧、文章风格，还有精练、通俗、准确鲜明、富于表现力的语言等，都为后世散文树立了崇高的典范。

知识点滴

公元前99年，48岁的司马迁正在埋头史学巨著《史记》创作中，这时候，朝廷发生了一件大事。汉大将李陵带兵出击匈奴，却兵败被俘。

消息传来，汉武帝十分生气，朝中大臣也纷纷谴责李陵。唯独司马迁勇敢站出来为李陵说话，说李陵与匈奴相与，是出于无奈，应给予谅解。

司马迁的话令汉武帝十分生气，汉武帝下令将司马迁处以官刑，官刑是一种令人感到屈辱的刑罚。司马迁遭受了屈辱的官刑，却没有令他萎靡不振，反而更加激发了他奋发写作的斗志。

司马迁勇敢地坚持了五六年，最终他把想法变成现实，完成了旷世巨作《史记》，司马迁的故事和他的巨著永远地被留在了人类史册。

《汉书》和其他汉代散文

司马迁的《史记》记事止于汉武帝初年间，之后的历史没有记录，此后的汉代的许多学者都试图续补《史记》，积累了大量的史料。西汉史学家班彪认为这些学者写得不好，于是亲自采集前史遗事逸闻，著《史记后传》100余篇。

班彪有个儿子叫班固，是个很有学问的人。他认为父亲的《史记后传》所描述的前朝历史不够详尽，而且有些该写的历史没有补充进去。

于是，他决定完善这本书。

班固以《史记后传》为基础，开始写作《汉书》。公元58年，27岁的班固开始写作《汉书》。

班固借用了《史记》的汉初部分，再在《史记后传》的基础上，写下了武帝以后昭帝、宣帝、元帝、成帝、哀帝、平帝的部分。

经过20多年的努力写作，到公元82年，班固初步完成了《汉书》的撰写工作，但还有部分《表》《志》尚未完成。班固的妹妹班昭续作8表，东汉人马续补作天文志，至此，《汉书》才全部完成。

《汉书》全书主要记述了上起西汉的汉高祖元年，即公元前206年，下至新朝的王莽地皇四年，即公元23年，共230年西汉一代的史事。《汉书》包括纪12篇，表8篇，志10篇，传70篇，共100篇，80余万字。

《汉书》开创了我国断代纪传表志体史书，是我国第一部纪传体断代史著作，它基本沿用《史记》的体例而又有所发展、有所创新，它改书为志，去掉世家并入传，由纪、表、志、传四部分组成。全书以纪、传为中心，各部分互相联系、互相补充，全面集中地反映了西汉王朝的历史。

《汉书》的史料价值很高，对《史记》有所补充、调整和发展，表现了自己独有的成就。它开拓了更为广泛的史学领域，保存了更多的古代社会、历史人物以及文化典籍的史料。

《汉书》的人物传记是在一种娓娓而谈的过程中，以简练、准确的笔调勾画人物，使各种人物形象生动地展现出来。避免平铺直叙，尽量用人物的言语、行动和细节来表现其人物个性和品格。

《汉书》的语言有骈俪化的倾向，《汉书》中的人物传中多采取文人辞藻，行文喜欢用古字古义，文字近于骈体，显示出东汉散文骈体化的倾向。除政论文和史传文学之外，汉朝的奏疏之文、书信之文以及其他杂文均各有特色。

西汉文学家邹阳的《狱中上梁王书》列举大量历史事实，借古喻今，反复说明偏信谗言危害国家，信任忠直大臣利于国家的道理。在说明的手法上，反复引经据典，层层论证。句式多用排比，气势酣畅淋漓，有辞赋之风。文章紧扣主题，衔接自然，意思表达流畅。

司马迁的《报任安书》感情充沛，叙事明白，字里行间包含着深情，气势恢宏。行文前后一致，措辞委婉，而柔中见刚。

王充，字仲任，会稽上虞人，自幼好学，后来到京城洛阳入太学，拜班彪为师。《论衡》是王充的代表作品，也是我国历史上一部不朽的无神论著作。

《论衡》批评各种虚妄之论时，总是先把被批判的论点置于文章之首，然后展开分析，紧紧抓住对方矛盾与谬误，反复辩驳，层层说理，常常援引大量事实，或同类相证，或巧设比喻，或从生活经验出发，后进行逻辑推理，从必然性、偶然性、可能性多方面展开论述，具有很强的说服力。

王符，生活于东汉，幼时好学，终身没有做官，隐居著述《潜夫论》。《潜夫论》分题论证行政、边防、用人等内外策略和时政弊端，对官场腐败黑暗现象抨击不遗余力。

《潜夫论》每篇独立成章，内容切实，论点突出。总是先提出论题，继而从理论原则上说明论证，然后引入时事，列举现象，进行批评，最后得出结论。《潜夫论》语言明快，句式整饬，具有概括力。几乎通篇排偶，遣词骈俪，华丽壮观。

班固认为父亲的《史记后传》的部分，内容还不够详备，布局也尚待改进；没有撰成的部分，需要重新续写。于是他在父亲已成《史记后传》的基础上，利用家藏的丰富图书，正式开始了撰写《汉书》的生涯。

正当班固全力以赴地撰写《汉书》的时候，有人告发班固"私修国史"，于是，班固被捕，关进了监狱，书稿也被官府查抄。班固的弟弟班超为了营救哥哥，立即骑上快马从扶风安陵老家赶到京城洛阳，他要向汉明帝上书申诉，为哥哥除却冤枉。

班超将父亲和哥哥两代人几十年修史的辛劳以及宣扬大汉功德的意向全部告诉了汉明帝。汉明帝又看了班固被查抄的书稿，对班固的才华感到惊异，称赞他所写的书稿确是一部奇作，他立即下令释放班固，并加以劝慰。

汉明帝非常器重班固的才能，召他到京都皇家校书部供职，拜为"兰台令史"，让他继续完成这部奇书。

六朝散文

　　六朝指魏晋南北朝，即三国吴、东晋、南朝宋、南朝齐、南朝梁、南朝陈6个朝代。魏晋南北朝是我国古代散文发展的一个高峰，它在两汉散文的基础上进一步延续发展，呈现出新的面貌。

　　魏晋南北朝时期作家、作品大量涌现，辞赋表现出最为突出的时代特征，这一时期的赋体趋于骈文化，与汉赋形成了鲜明的对比，文章的句式结构也逐渐发生了变化，其结果是骈文的出现并成熟。这一时期文章刻意讲究，创造出多种多样文章风格，其间既有相互继承，又各自有着自己的特色。

骈文的形成发展与鼎盛

　　两汉和魏晋的很多文人在做文章时，都很讲究修饰，都喜欢用华丽的辞藻，追求一种语言的外在形式美，逐渐形成一种文体，这就是"骈文"。

　　骈文，也称"骈体文""骈俪文""四六文"，是与散体古文相对的一种特殊的文体。因句式两两相对，犹如两马并驾齐驱，故称为骈体。

　　骈文是我国古代散文的重要组成部分，流行了1000多年，涌现出许多著名的作家与作品。骈文有广义和狭义之分。广义的骈文包括辞赋等所有以对仗、骈偶、用典、讲求声律为特征的文章；狭义的骈文则不包括辞赋。

骈文的特征之一是讲求对偶，既要求语言平行、对称，通篇文章必须由对句组成，而在对句之中，构成上下两句的词语又必须一一构成对仗。因这种对句多为四、六言的句式，因此又称这种文体为"四六文"。

骈文大量使用典故，用语讲究典雅和装饰。骈文不能随意不受限制地采用典故，必须要对典故加以提炼与雕琢，以适用于严格的句式与对仗的要求，这就形成骈文在讲求用典的同时又追求辞采的精练与华丽。

另外，骈文还要讲求节奏与音律的和谐。做到节奏和音律的和谐，就能读起来朗朗上口，增强语言感染力，并且能给人一种美感。

先秦时期的散文中大量出现了骈偶句式，如《尚书》中的"满招损，谦受益""直而温，宽而栗；刚而无虐，简而无傲"，对仗工整，声音抑扬顿挫。

春秋战国时期，骈俪句式广泛地运用于辞令、论辩之中，有的甚至成为文章中的主体部分，如《左传》《战国策》《庄子》《荀子》等，文章中，对偶、排比的句式层出不穷，使文章汪洋恣肆、大气磅礴。

在西汉时期，文人将这种文风继承了下来，贾谊的《过秦论》和晁错的《言兵事书》《论贵粟疏》等均有大量排比对偶，多是以骈文和散体古语相间的形式出现。邹阳的《上吴王书》和《狱中上梁王书》更是淋漓尽致地体现出了这种文风，因此可视作骈文的起始。

到了东汉，骈文进一步得到了发展，散文中的骈句越来越多，至建安前后，骈文作为一种文体，已经很常见了。蔡邕的《郭有道碑》几乎通篇都用骈语，华饰的色彩十分鲜明突出。

魏晋南北朝时期，骈文的发展进入了成熟与鼎盛期，骈文体式最终确立，艺术上也达到了最完美的境地，整个文坛都被骈俪文风充盈，这一时期涌现出许多骈文名家名篇。

汉魏之际，文人们的思想活跃，他们敢于说话，敢于表达自己的内心想法，文章更注重抒情，尤其注重文采，艺术形式自由多样，此时骈俪之风的范围和影响进一步扩大。这一时期，骈文逐渐成为一种新的文体，形式上大多是骈散相间，在风格上多以清丽通脱、文情并茂为主。

汉魏时期，曹魏时的曹丕、曹植的文章骈文化最为典型，他们的诏、令、书、表等文章已出现这种倾向，如曹丕的《与吴质书》、曹植的《求自试表》等，骈散交织。同时，这些作品不用典故，句式工整，辞采华丽，明显地体现出骈文演化阶段的特点。

东汉文学家孔融是建安七子之一，他的文章也是骈散相间、用词华丽，其中《荐祢衡表》和《与曹公论盛孝章》都洋溢着浓厚的骈俪色彩。

到了西晋，骈文得到了快速的发展，骈文进入了成熟期。几乎所有的文人，无论写什么文章，大多喜欢以骈俪行文，骈文运用的范围进一步扩展到序、疏、论、颂、议乃至哀祭文等许多类文章中。

西晋时期的骈文辞采华美，声音和谐，用典繁多，骈文的格式也基本的定型了。代表性作品有《马汧督诔序》《吊魏武帝文》《辨亡论》等。

到了东晋，文辞的清丽流畅有所发展。这一时期，骈体多在应用文领域，而且越来越集中。代表性作品有王羲之《兰亭集序》《谏移都洛阳疏》，庾亮的《重与陶侃书》、温峤的《让中山监书》等，其文章较西晋时文章又更见精美，技巧也更为娴熟。

到了南北朝时期，骈文进入最鼎盛的时期，骈文的体式进入了完美的阶段。晋宋之际，盛行工整华丽的山水骈文诗。刘宋时，文章用典逐渐增多，句子更加整齐，骈文的特征都已具备，代表性作品有颜延之的《陶征士诔》、鲍照的《登大雷岸与妹书》。这时的章、表、

诏、诰已通用骈体，纪游、书信等文体也常见骈语。

齐梁时期，文章日趋精美，由于"永明体"诗的影响，文章开始讲求声律，逐渐将四六句型固定为骈文的基本句型，文章更加工整，也更精美。除家书外，书信已通用骈体，学术著作也用骈文。

这个时期，几乎所有的文人都能写骈文。代表性作品有孔稚珪的《北山移文》、吴均的《与朱元思书》、丘迟的《与陈伯之书》等。

梁陈时期，骈文创作进入了高潮时期，并呈现出单纯追求形式的工整和辞藻的华美却忽视内容的倾向。四六句型被定为常规用法，梁朝文学家庾信的《哀江南赋序》、徐陵的《玉台新咏序》，代表了南朝骈文的最高成就。

知识点滴

有学者认为，骈文最早的名称是连珠。连珠是古代一种微型文体，始于汉朝，盛行于魏晋时期，唐宋明清时期也有连珠的影子。连珠有其独立的发展历史。连珠对骈文的形成有所启发，但并不等于骈文，也不是骈文的源头。

西晋学者傅玄《连珠叙》说："所谓连珠者，兴于汉章帝之世。……其文体辞丽而言约，不指说事情，必假喻以达其旨，而贤者彻悟，合于古诗劝兴之义。欲使历历如贯珠，易睹而可悦，故谓之连珠也。"

连珠与骈文相似之处在于对仗和用典。不同之处是，连珠尚不成其为文章，每首仅几句话，表述一个简单的命题，只能算文章的片断。是当时文人为模拟奏章而作的练习，故每首皆以"臣闻"开头。常常许多首连在一起，但意义互不连贯。

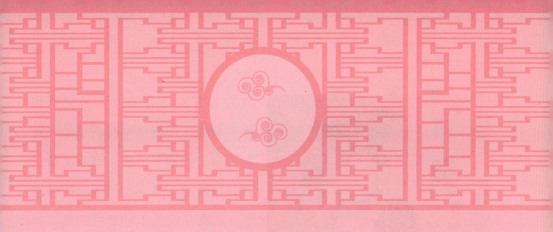

汉魏之际和魏晋之际散文

　　东汉和曹魏之间的历史时期称为汉魏之际，这是一个很重要的历史阶段，这期间文学得到了发展，呈现出一派繁荣的景象。

　　这时期的文学成就主要表现在诗歌和散文方面。核心人物是曹氏父子以及聚集在他们周围的一批文人，主要是被称为"建安七子"的孔融、陈琳、王粲、徐干、阮瑀、应玚、刘桢。

　　曹操是一代枭雄，他出生在官宦世家，为东汉丞相曹参的后人，他的父亲曹嵩是东汉大宦官曹腾的养子，曹嵩继承了曹腾的侯爵。曹操20岁时被举为孝廉，拜为议郎，后做了汉丞相、大将军，封魏王。仕途一帆风顺。

　　曹操是建安时期著名的诗人，他没有自己的散文创作，但

在散文方面却有多方面的成就和重大影响，那就是他所颁布的一系列政令，包括令、表、书等文章，具有很强的文学性，呈现出简朴坦率、明晰切实、清峻通脱的风格特色。

曹操的《自明本志令》是一封公开信，带有自叙的成分，作者从回忆入手，剖露心迹，表述抱负，解释了自己不让兵权的原因。言锋无忌而朴实恳切，坦诚动人，体现了自己敢作敢为的英雄气概。

曹操还做了另一篇文章，叫《求贤令》。这篇文章是曹操改革用人制度的公文，表现出曹操富有改革的精神。

文章朴实无华，简明庄重，要言不烦，古朴质素，不加雕琢。文中的感叹句、反诘句、叙述句、肯定句等各种句式相互和谐的配合，增强了文章的明朗、刚健、庄重的感染力量。

曹操有多个儿子，次子叫曹丕。曹丕学识渊博，喜欢文学，擅长作诗，他写了很多诗文，包括诗、赋和各体散文，在文学上取得了卓越不凡的成就。曹丕的散文无论是叙事、说理还是议论，都文风优美，特别是他的书信，更以情意婉切、文笔优美见长。

曹丕的散文名作有很多，代表性作品有《典论·自叙》《与吴质书》《又与吴质书》《答繁钦书》等。《典论·自叙》以时间为经，以具体事例为纬，用清新的文字写出了曹丕个人的才艺和志趣，文章追述了青年时期的一些琐事，侃侃而谈，饶有情趣。文章善于选取细节进行描写，显得生动而活泼，感情非常的饱满。

《与吴质书》《又与吴质书》《答繁钦书》是书信体，文章用词华丽，语调亲切，无论或喜或悲，或怒或叹，都不装腔作势，都不无病呻吟，而是直抒胸臆，娓娓道来，带有浓重的抒情色彩。文章意境深远，通脱自然，真切感人。

曹操的第三个儿子叫曹植，曹植是曹丕的同母兄弟。曹植年少英发，才华出众，更为难得的是志向高远。曹操非常喜爱这个儿子，也非常欣赏曹植的文采。

曹植的文采的确非常出众，他的诗赋和文章非常出色，他写的赋寓意深沉，清新流丽；他的散文自然流畅，极富辞采。他的文章主要以章表、书札、诔文为多，其中章表类写得最佳。

曹植的散文均写得意气奔放、富于情感。《求自试表》是最有代

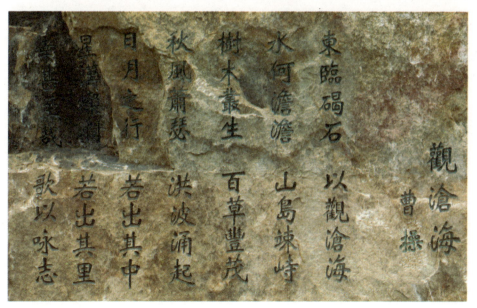

表性的一篇。文章或陈述事理，或征引事实，字里行间流露出深深的苦闷；或剖白心迹，或抒发激情，慷慨之中更有深深的悲哀。全文激情淋漓，声泪俱下，充盈着悲凉慷慨之气。

曹植的文章对后世散文的影响很大，两晋南北朝文人对他极为推崇。东晋诗人谢灵运曾叹道：

天下才有一石，曹子建独占八斗，我得一斗，天下共分一斗。

孔融是建安七子之首，是孔子的20世孙。小的时候，他就显露出少有的才气，为人好学，而且博学多闻，他性情刚直，为当世名士。曾经做过北海相、少府、太中大夫等官。

孔融的文章和他本人的性格是相称的，孔融的文章胆大而气盛，无所忌惮，议论锋利，语言简洁，气势宏大。其中最有文采、最有气势的文章是《荐祢衡表》《与曹公论盛孝章》和《难曹公表制酒禁书》等。

进入魏末晋初时期，文坛流行一种新风尚，文人和士大夫们喜欢上了清谈玄理，喜欢我行我素，崇尚老庄哲学，藐视礼法。

当时有两个文章流派十分有名，一是以何晏、王弼为代表的"正始名士"，这一流派喜欢谈玄阐道的说理文；另一个流派是以"竹林七贤"中的嵇康、阮籍为首的"竹林名士"洒脱率真的论辩文。

"正始名士"一派继承了曹操清俊简约的文风，"竹林名士"一派则继承了曹丕和曹植的华丽壮美的文风。他们共同推进了说理文的发展。其中最有影响、最具有代表性的名家是阮籍、嵇康二人。

阮籍是"建安七子"之一阮瑀的儿子，生活于魏晋之际，做过步兵校尉，为人极有个性。阮籍博学多才，才思敏捷，下笔成章，文辞清新壮丽，为世人推崇。他写了很多文章，最能代表他思想和文风特点的散文是《大人先生传》。

《大人先生传》是一篇较长的赋体传记，没有情节故事，阮籍以华丽的语言、铿锵而流动的音调，展开了他邈无际涯的幻想，同时也表现了作者对人生的一种理解。

文章写得妙趣横生，表现了作者高超的讽刺艺术。尤其是假托世俗之人给大人先生写信，借他人之笔刻画了君子的丑陋形象，表面上是夸饰，实际上句句是讽刺。

嵇康是魏晋之际的士人领袖，是当时著名的玄学家、文学家，曾任中散大夫，他性格刚直，经常因言语和行事得罪人，对看不惯的权臣也毫不留情，予以激烈的抨击。嵇康很有才学，多才多艺，擅长诗文，也精通音乐。

嵇康的散文以论文为多，尤其以析理持论见长，且见解精辟，笔锋犀利，挥洒自如。代表性的作品是《与山巨源绝交书》《养生论》《声无哀乐论》《明胆论》《管蔡论》等。

这些文章都很有创造性，析理精微，文辞繁富，在论辩文的发展过程中有很重要的地位。《与山巨源绝交书》，体现了嵇康散文长于辩论、思想新颖、析理绵密、笔锋犀利的鲜明特点。

孔融少有英才，10岁的时候，孔融随着父亲来到当时的京城洛阳。当时，著名的士大夫李膺也住在京城，如果不是名士或他的亲戚，守门的人一般是不给通报的。

孔融只有10岁，想看看李膺是个什么样的人，就登门拜访。他对守门人说："我是李膺的亲戚。"

守门人通报后，李膺接见了他。李膺问他说："请问你和我有什么亲戚关系呢？"

孔融回答道："从前我的祖先孔子和你家的祖先老子有师资之尊，因此，我和你也是世交呀！"

当时很多宾客都在场，对孔融的回答十分惊奇。中大夫陈韪却不以为然地说："小时了了，大未必佳。"

孔融立即反驳道："想君小时，必当了了。"

陈韪无话可说。

李膺大笑，说："你这么聪明将来肯定能成大器"。

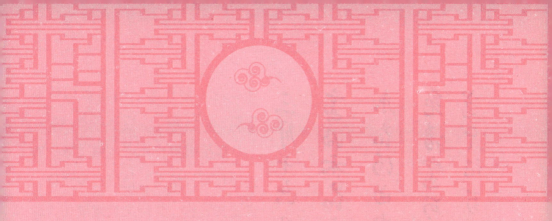

声情并茂的西晋抒情散文

西晋时期，社会相对安定，人民生活逐渐繁荣，出现了号称"天下安业"的太康时代，文学思想活跃，出现了较多的作家和作品。这时期的作品主要为骈文、辞赋、散文。

潘岳和陆机是西晋时期最有名气的散文家，他们的作品感情充沛，笔到意随，显示出较高的艺术技巧，他们又善于作赋，他们的赋文也十分有名。

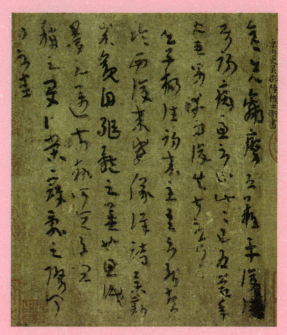

潘岳，字安仁，河南荥阳中牟人，容貌美丽，而且有才情，很小时就以才气闻名，被人们称为奇童，后来考中了秀才，历任河阳令、

怀县令、著作郎、给事黄门侍郎等职。

潘岳很擅长作诗、做文章，特别擅长写抒情文，他以写悼亡诗、哀诔文著称。其诗文哀怨凄伤，词语煽情。他的《悼亡诗》最负盛名，文章以《哀永逝文》《马汧督诔》《杨荆州诔》等为代表。

潘岳所写的诔文极多，主观感情色彩很重，往往在文中插入与被诔者交往的回忆和正面抒发对逝者的深情，显示出抒情的深切化和生活化。他悼念马汧督的《马汧督诔》写得悲伤而激愤，情辞激越，感人至深，为世人赞赏。马汧是西晋时督守汧县的官员，立有大功，后却被人嫉恨，遭诬陷入狱，蒙冤含恨而亡。潘岳特为之作诔，称颂其功德，更为其冤死寄以满腔悲愤。

这篇诔由序文和正文两部分组成。序文以散文形式叙写事情的来由和过程，正文则用韵文称扬其智勇忠义，为其立功陷狱深表痛惜。

潘岳悼念亡妻的《哀永逝文》将作者的丧妻之痛经由铺垫、蕴藉而推向高潮，最后则借庄子的达观思想作排解，以不胜悲伤而求解脱，从中可见作者的哀痛至极。作者写情细致缠绵，尤其是描写和抒发为妻子送葬时的哀痛之情，真是缠绵深挚，凄婉欲绝。

文章还借助山川景物的黯然失色来衬托自己心境悲痛绝望。运用视觉的恍惚变幻写心灵所承受的巨大痛苦，曲折低回，哀伤深切，感人至深，令人忍不住与之同悲。

陆机，字士衡，吴郡华亭人。祖父陆逊是东吴的大将，他的父亲陆抗也是东吴的大将。陆机小的时候就十分有才气，《晋书》记载：

少有异才，文章冠世，伏膺儒术，非礼不动。

14岁时，陆机就开始领兵带将，后回到家乡，闭门读书10年，太康末时任太子洗马、吴王郎中令、著作令、平原内史等职。

《晋书》记载，陆机所作诗、赋、文共300多篇，但是大部分已经遗失。陆机的诗赋辞藻华丽，讲究藻饰和对仗；他的散文论析事理，铺排夸张，颇有气势，是西晋最有名的散文。代表作品有《吊魏武帝文》《辨亡论》《五等诸侯论》等。

《吊魏武帝文》主要讲作者有感于在洛阳见到曹操的遗令，发现这位盖世英雄，临终前指着小儿小女托付后事，叮嘱妻子们自食其力，与平时的雄心壮志形成鲜明的对照。

全文由序和赋两部分组成，序叙写简洁，表达清晰；赋铺陈感怀，声情并茂，哀婉动人。序侧重于叙述，赋侧重于抒发，两者相得益彰，既可独立，又可合在一起。

赋文前半部分侧重写曹操一生的豪情壮举，后半部分则写他临终前与他平生行为雄姿英发极不相称的几件事。作者着力铺写他的功绩与志向，抒发了对曹操未能完成自己事业的哀伤。文章写事抒怀，情理兼在，既慷慨悲凉，又凄婉忧伤，具有很强的感染力。

《辨亡论》为论说之文，分上、下两篇。文章主旨总结东吴灭亡的教训。上篇主要颂扬东吴国君孙权之所以能够使国家兴盛，是因为他善于用人。下篇则叙述陆家父祖的功业，并说明孙皓之所以灭亡，主要在于失去了民心。

在文章风格上，《辨亡论》结构大起大落，彼此之间起伏照应。以对比造成了行文的跌宕之势，以夸张、排比增加了文章的雄强之气，局面开阔，议论锋利，感情激越，文辞壮丽，语言整饰，有向骈偶之风发展的倾向。

除了潘岳和陆机，西晋较有影响的散文作品还有刘琨的《答卢湛书》、鲁褒的《钱神论》和张敏的《头责子羽文》等，这些作品各具特色，具有不同的风采。

知识点滴

　　潘岳曾任河阳令，在河阳，他奉公职守，勤于政绩。因喜欢种植花草，因此，他做很多事情往往要与花草联系起来，当时他办案并不总是在县衙大堂之上，有百姓前来告状，他就把原告、被告一同叫到自己家的花园。

　　潘岳不急于问原告所告何事，来龙去脉究竟如何，而是让原告被告共同抬水浇花。由于抬水用的木桶是尖底的，无论绞水、抬水、浇花，两人均得很好地合作，一路上，即使很累，也不能把木桶放在地上，稍不小心，水就洒落一地，也就不可能完成"县老爷"潘岳交代的任务。这样折腾了好长时间，潘岳才升堂问案，细问详情。

　　原告和被告配合着干了半天活，情绪已大为好转，对立意识也大大降低，潘岳审起案来也就十分容易，引经据典，依事评理，说些仁为美、和为贵的道理，再加以好言相劝，因此很多时候，原告和被告往往和好如初，撤诉了事。

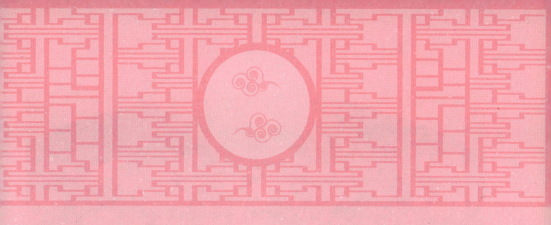

朴实自然的东晋情志散文

东晋时，文人和士大夫们崇尚清谈，喜欢山水，他们的文章也多重山水自然，文风趋向于平和淡雅、自然秀美，不多修饰而饶有情趣。

大书法家王羲之和文学家陶渊明的文章是东晋时期这类文章的

代表，其文章朴实自然、平和冲淡，带有一种返璞归真的纯情，富有浓厚的生活气息。

王羲之是东晋著名的书法家、文学家，是个非常难得的才子。他出身世族，曾做过右将军、会稽内史的官。王羲之是个胸怀旷达，见识脱俗的人，他不喜欢繁华，却非常喜欢自然，喜欢游山逛水。

王羲之不但以书法闻名天

下，而且他的诗文也做得非常好，他的诗文清新隽永，多含哲理，他所作书牍杂帖，富有情。他最出名的作品是《兰亭集序》。

353年农历三月初三，天气晴朗，阳光明媚，王羲之和和当时的名士孙统、谢安、孙绰、支遁等40多人一起来到会稽山阴的兰亭宴会。宴席间，众人畅怀开饮，十分尽兴。众人赋诗成集。

王羲之看见兰亭附近的美景，不仅诗兴大发，就为诗集写了这篇序，记述当时集会的盛况和观感，这就是著名的《兰亭集序》。

文章通过对兰亭春景、聚会盛况的动人描述，抒发了对人生哀乐、生死的深层思考，在悲伤感慨中透露出对生活的热爱之情。

文章有机融叙事、写景、抒情、议论于一体，笔调清新，不拘音律、骈偶，自由书写。写景笔墨简略而气象宏大，写山、写林、写水、写天、写气、写风，处处透出清新；抒怀则语气舒缓而意境深远，凸现出畅怀之情。

　　陶渊明生活在东晋晚期，是东晋大司马、大将军陶侃的曾孙。他很小的时候就立下宏伟壮志，希望为国家做出贡献。他非常勤奋好学，诗赋做得十分有名气。29岁时，陶渊明开始了自己的做官生涯，但只任过江州祭酒、镇军参军、建威参军、彭泽县令一类的小官。

　　陶渊明逐渐厌恶了官场生活，41岁的时候，毅然辞官归隐，来到山林中自己种田，平时以喝酒作诗娱乐。陶渊明作的散文不是很多，但个个是精品。特别是他所作的田园诗和辞赋散文更为人所称道。

　　陶渊明所作的诗文皆以描绘自然景色及农家生活为主，风格悠闲淡远，但也有愤世嫉俗的慷慨之作。陶渊明的散文真淳自然，淡泊中直抒志节与感怀。《归去来兮辞》和《五柳先生传》在这类作品中最有代表性。

　　文章赞美了自然之趣，表白了作者脱离樊笼的自由心境和隐居生活的悠然自得，表达了其安贫乐道、不慕荣利的高尚志节。这些文章托意深远，清新淡雅，用词天然。

　　《归去来兮辞》是一篇抒情小赋，由序和正文两部分组成。在序里，陶渊明详细地说明了自己辞职归田的经过。正文则叙述了自己辞官归隐途中的解脱心情和到家之后的生活意趣，写出了对官场污浊的厌恶，描写了优美的田园景色与闲适的耕读生活，

抒发了重返自然的喜悦，提出了自己的人生理想。

《归去来兮辞》真率自然、思想飘逸，将写景与心情相融一体，情调明朗，达观放旷，语言流畅，朴实生动，可以说是一首优美的散文诗。

《五柳先生传》是陶渊明的自传，文章突出了作者不随世俗，不与世俗同流合污的高尚品行，突出了作者对高洁志趣、人格的向往与坚持。文章选材精湛，用词用句简单，意到笔止，不说废话，在淡淡的叙述中体现出文章的主旨。

陶渊明的散文感情浓烈，朴素中流露出真情实感。《闲情赋》《告子俨等疏》《自祭文》是这类散文的代表，这几篇文章都写得真情恳挚、语言率真、凄恻感人。

《告子俨等疏》是陶渊明50岁时写给5个儿子的信。文章用浅易如话的文字，叙述事情，描绘胸怀，抒写志向，款款道来，表达了对儿子们的疼爱与愧疚之情，流露出归隐与安贫乐道的矛盾。

陶渊明的散文意趣高远，平和中表现出对美好生活与理想社会的憧憬。他所作的《桃花源记》即属于这类文章。

《桃花源记》讲述了一个若有若无、似真似幻的故事，塑造了一个幽美的人间仙境，一个与现实环境截然相反的民风淳朴世外桃源，并通过这个故事表现出作者对理想社会的向往。

《桃花源记》用笔清丽，语气平稳，像平时与人说话一样娓娓道来，清新的叙述中蕴含着作者炽热的情感。

知识点滴

在陶渊明心中有一个理想社会，这个理想社会就是他在《桃花源记》中所描绘的世外桃源。

桃花源是一个与世隔绝、不受外界干扰的地方。桃花源外是一片桃花林，"中无杂树，芳草鲜美，落英缤纷"，环境十分优美，引人入胜。"林尽水源，便得一山。山有小口"，从小山口进入，"复行数十步，豁然开朗"。

那里土地平坦广阔，房屋排列整齐，田地肥沃，池塘清澈，桑竹茂盛。田间道路纵横交错，井然有序；村舍中鸡鸣犬吠不绝于耳；男男女女正在田间辛勤地劳作，老人和小孩在一边怡然自乐。整个桃花源呈现出一派繁荣祥和、生机盎然的景象。

陶渊明十分渴望在这样的一个环境中生活，但现实使他的这个理想破灭，他只能在自己的文章中述说这个美好的梦想。

南朝散文开启骈俪之风

南朝包括宋、齐、梁、陈4个朝代，共170年，这一时期的文学成就要超过东晋时期。骈文极盛，其应用范围越来越广，记叙、抒情、写景、议论以及书札、信函等无一不用骈文，文章追求辞采华美、音律和谐、用事用典，这时期出现了一些很有影响的作家与作品。

在南朝散文中，一些描写山水的作品尤为出色，如南朝宋鲍照的

《登大雷岸与妹书》，齐时孔稚珪的《北山移文》等。

另外，南朝散文中，还有一些发愤抒怀的文章也写得很好，鲍照的《芜城赋》、江淹的《恨赋》和《别赋》以及庾信哀痛梁朝灭亡的《哀江南赋》等，是这类作品的巅峰之作。

南朝宋文学家颜延之从小家境

贫寒，住着简陋的居室，但喜欢读书，看过很多书，他写得一手好文章，文章之美，冠绝当时。

颜延之和当时的名士文学家陶渊明交情很好，经常往来。陶渊明死后，颜延之还写了《陶征士诔并序》纪念好朋友。

《陶征士诔并序》用工整的骈俪描述好友陶渊明的生活，赞扬其高尚品节，文章叙事与抒情相互交融，文末回忆陶渊明的告诫之言，深情而凄怆。

文章感情充沛，悲痛之声发自肺腑，风格朴实，格调沉郁，用典确切，情辞并茂，是诔文中的典范性作品。颜延之还写有《祭屈原文》和《三月三日曲水诗序》。

《祭屈原文》是一篇纪念爱国诗人屈原的骈体小品。作者借致悼屈原，暗喻君子因品行高洁而招致不幸，表白了自己内心的忠诚。文章感情沉郁，文笔凝练，叙议结合，行文洒脱，用句显示了骈文句法的巧妙之处。

《三月三日曲水诗序》则用词华丽，对仗工整，文章显得相当精致，显示了骈体文的优势所在。

南朝宋文学家鲍照出身贫寒，但极有才情，一生仅做过一些小官。鲍照的诗文写得特别好，其诗文清峻道丽，感情激越，辞采华美，气势雄健。鲍照的表、疏、铭、颂、书札多为骈体，其《登大雷

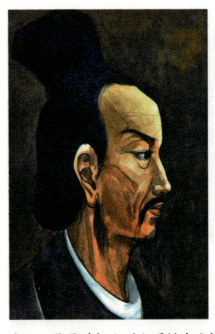

岸与妹书》最有特色。

《登大雷岸与妹书》是鲍照写给妹妹鲍令晖的一封书信体骈文。文章不仅叙事抒情，而且多描画风景。在描绘登大雷岸所见的自然景色时，用笔灵妙生动，字里行间气势磅礴，使人惊心动魄。在描绘景物时，还将自己的感情巧妙地加入进去，获得了感人的艺术魅力。

孔稚珪是齐、梁时期的文学家。他出身世宦之家，祖父和父亲都是当时的名士。孔稚珪年少时文采就令人惊叹。成年后曾做过宋安成王车骑法曹参军、尚书殿中郎等职，还曾做过齐国太子詹事，官位显要。

孔稚珪性格旷达，为人不拘小节，喜欢游山玩水，也喜欢用骈文写作。他著有《北山移文》一文，除此文外，还写有表、启等文，他的这些文章多用骈文写就，是当时很有影响力的骈文作家。

《北山移文》是骈体文的典范，想象丰富，构思奇特，格调诙谐，语言精美，用典恰当，或铺排，或对比，或比喻，或夸张，气势磅礴，全文句句骈文，取得了一系列卓越的艺术成就，标志着南朝骈文艺术达到了高峰。

陶弘景是南朝齐梁时医学家，文学家，梁时隐居句曲山，朝廷多次派人请其出山为官，但陶弘景多次拒绝出山为官。梁武帝时，朝廷每逢大事，总派人去句曲山咨询陶弘景，时人形象地称呼陶弘景为"山中宰相"。

陶弘景心地纯净，性情恬淡自然，喜欢山水，他聪颖多才，擅长弹琴、棋术，精于书法，通晓天文地理，又精历算、医道，著有多种道教经籍及医药专著，同时还擅长写文章，有《答谢中书书》等文。

《答谢中书书》是陶弘景写给朋友谢中书的一封书信，反映了作者娱情山水的思想。文章以感慨发端：山川之美，古来共谈，有高雅情怀的人才可能品味山川之美，将内心的感受与友人交流，是人生一大乐事。作者正是将谢中书当作能够谈山论水的朋友，同时也期望与古往今来的林泉高士相交。

《答谢中书书》的语言淡雅清新，通过短短文字就把山川四时晨昏的自然美景描绘得有声有色，如诗如画，使人心驰神往。

文章的结构别致典雅。写景部分共12句，都是整齐的四言，其中又有工整的偶对；末3句抒感，用的却是散句，直抒胸臆，骈散结合，各逞所长。

南朝陈时，骈文写作进入了鼎盛时期，不但四六对句完全定型，而且辞藻华丽，用典丰富，音节协调，结构完美，呈现了最成熟、最完美的骈文。庾信就是这样一位完美骈文的集大成者。

庾信自幼聪明好学，年幼即博得了多才的美名。他的诗文风格绮丽，远近闻名，是梁朝著名的宫体诗人，与南朝梁陈间的诗人徐陵齐名，他们的文学风格被称为"徐庾体"，为当时文人学士争相仿效。

庾信是南北朝诗赋创作的集大成者，他突出的成就主要在赋，有《春赋》《小园赋》《竹杖

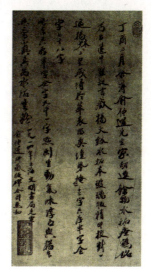

赋》《枯树赋》《哀江南赋》等。同时，他又是骈体文写作的集大成者，写了大量的表、启、铭、赞、碑、志等，皆以典型的骈体行文。其中《哀江南赋序》最负盛名。

《哀江南赋序》是为《哀江南赋》作的序，虽是为赋作的序，但实际上却可以成为一篇独立的抒情文，是一篇情辞恳切的抒怀佳作。

文章大量用典，典故的串联和配合恰到好处地传示了作者所要表示却难以表示的感情。另外，文章叙议结合，笔触曲折，语言清新，语句错落有致，整体形成一股博大气韵，突出了苍凉、悲壮的风格。

颜延之和陶渊明是同时代的人，颜延之要比陶渊明小十几岁。二人经常来往，相交至深，后来二人的交往更为频繁。当颜延之去始安郡为官时，途经浔阳还专程到陶渊明的住处探望陶渊明，与之交游，并每遇一景，必酣醉而归。临别之际，为陶渊明留下两万钱作为饮酒的费用。

颜延之是最早推崇陶渊明的名人。他与陶渊明结下了深厚的友谊。陶渊明病逝后，颜延之写了《陶征士诔并序》，情文并茂，真切感人。

他在《陶征士诔并序》中描绘他们初次会面的情景："自尔介居，及我多暇。伊好之洽，接阎邻居，宵盘昼憩，非舟非驾。"把陶渊明称为"南岳之幽居者也"，说陶渊明辞官归隐之后，过着"灌畦鬻蔬，为供鱼菽之祭；织绚纬萧，以充粮粒之费。心好异书，性乐酒德，简弃烦促，就成省旷。殆所谓国爵屏贵，家人忘贫者与"的生活。

不仅勾勒了陶渊明的为人，更突出了他喜好读书的凤性，对他的诗品、人品、思想，给予了高度的评价。

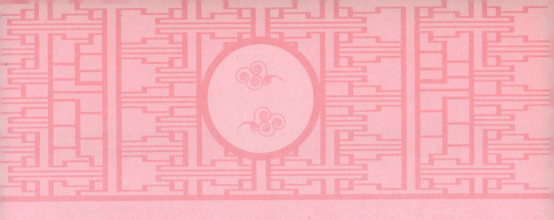

保持清新简洁的北朝散文

北朝包括北魏、东魏北齐，西魏北周，共约200年。北朝文章一方面保留了汉魏、南朝文章的影响，一方面又接受了少数民族的古朴风习的熏染，呈现出南北文学相互融合的倾向。北朝文章以散体为主，特点是求实、尚质，风格刚健清新。

郦道元的《水经注》、杨炫之的《洛阳伽蓝记》和颜之推的《颜氏家训》是北朝散文中的精品之作。

郦道元是北朝北魏著名地理学家、散文家。他博览群书却未能尽展所能。他仕途坎坷，历任冀州镇东府长史、东荆州刺史、河南尹、

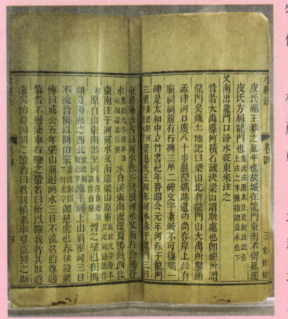

御史中尉等职。为官时，秉公执法，为官清廉，不怕得罪权贵，很受百姓拥戴。

郦道元喜欢山水，曾遍历北方，留心观察水道等地理现象，在此基础上，他撰写了水文地理著作《水经注》。

在此之前，原有一本叫《水经》的书，为魏晋时期的人所作，这是本专门记载全国河流水系的地理书，该书十分简略，只简简单单地记载了100多条河流的位置和流向。

郦道元决定要重做一本水经书，他在原有《水经》一书的基础上，以众多古代史地著述为参考，同时结合他对我国中部130多条河流及1200多条水道的实地考察，详细记载了它们的源流走向，又补充了大大小小的细流分支，最终完成了《水经注》的创作。

除了关于水系、水流方面系统的知识外，《水经注》一书还囊括了大量的历史典籍、方志地记、民风民俗、百家杂著等知识。

在写作体例上，《水经注》以水道为纲，详细记述各地的地理概况，开创了古代综合地理著作的一种新形式。书中，郦道元抓住河流水道这一自然现象，对全国地理情况作了详细记载。不仅如此，书中还谈到了一些外国河流。

《水经注》兼有科学和文学两重性质，叙述有序，文笔简洁而生动，文风俊逸优美。其间许多描写山水自然景物的文章，尤其是对黄河、长江等水流行径的描述，抓住沿岸的山水风物特点，将其写得姿态各异、摇曳生姿，其文笔清新、隽永传神，既有每个局部的生动形象，又有局部相连而成总体概况描述。

在描绘时，作者没有大肆进行铺张与描绘，只用精练的语言高度概括地写出其动态、神韵。与此同时，将自己强烈的感受、感悟，巧妙地融入进去，达到一种情景交融，物我两忘的境地。这些景物描写突出了山山水水的特殊面貌，将山水散文描写推向一个新的高度。

《水经注》的文学成就，获得了历代作家的高度评价，宋代大词人苏轼在《寄周安孺茶诗》说："今我乐何深，水经亦屡读。"明代文学家张岱在其《琅嬛文集》中说：

> 古人记山水手，太上郦道元,其次柳子厚,近时则袁中郎。读注中道劲苍老,以郦为骨;深远淡泊,以柳为肤;灵动俊快,以袁为修眉灿目。

杨炫之曾在北魏、东魏、北齐为官，历任期城郡太守、抚军府司马、秘书监等职。他有感于战争所造成的城郭崩毁、宫室倾覆、寺庙坍塌、景物荒凉，于是撰写了《洛阳伽蓝记》。

《洛阳伽蓝记》是一部记述佛寺园林风物建筑的著作。通过佛寺的兴建与废止，寄托自己的哀悼和凭吊。

全书分为城内、城东、城南、城西、城北5卷。每卷以佛寺为中心，兼顾附近建筑的兴衰和历史故事、民俗风情、里巷旧闻、历史沿革等，富有纪实性。

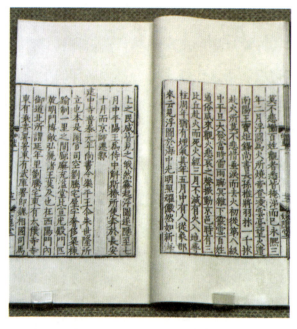

《洛阳伽蓝记》记物叙事有条有理，繁而不乱。《洛阳伽蓝记》每记一寺都记有它的历史或传说，有的寺还记有和它相关的神话和逸闻。

《洛阳伽蓝记》有着精彩的描写，风格朴实自然，文笔优美精练，语言明快清新，如同一篇篇生动的游记散文，给人以赏心悦目之感，具有浓厚的文学色彩。

颜之推在梁元帝时为散骑常侍，后入北齐做了黄门侍郎，再以后又当了隋代的官。颜之推博览群书，学识渊博，擅长诗文，精通音乐，是一位多才多艺的学者。他的诗文创作十分有名，其中以《颜氏家训》最为有名。

《颜氏家训》是颜之推以自己的个人经历、思想、学识以告诫子孙的著作，涉及内容极其广泛，强调教育体系应以儒学为核心，书中尤其写到注重对孩子的早期教育。

全书涉及许多人情世态，特别是关于士族社会的某些风气写得淋漓尽致。除包括对处世立身之道、家庭伦常关系的论述之外，还涉及道德情操、治学态度、文学艺术观念、宗教思想以及对社会风尚、习俗的分析与批判。

《颜氏家训》兼有南北朝散文所长，而没有其所短。文体属于散体，浅近平易，本色纯真，没有过多的雕饰，口语谚语运用的较多，很少用骈句。文章叙议结合，往往先讲一个故事，再加以评说，三言两语就能凸显人物品格，语言简练，却意味深长。

《颜氏家训》具有生动的故事性。尽管书中有大量的理性说教，但与一般家训不同的是，其说教不局限于空洞的教条，而是引证了大量历史和现实的实例，以自己耳闻目睹的经验之谈的形式表达出来，因此具有很强的可信性和说服力。

《教子篇》《兄弟篇》《治家篇》《风操篇》《涉务篇》《文章篇》是《颜氏家训》里较有代表性的篇章。

《教子篇》谈有关教育子女的一些问题。作者从正反两个方面反复举例，说明教育子女的重要性以及方法、目的。尤其强调要抓紧对子女的早期教育，而且越早越好；同时强调对子女的教育要严格。

《兄弟篇》是谈兄弟关系的，作者对此给予了特别的重视。作者认为兄弟乃一母所生，有共同的血缘关系，从小在一起生活、学习、玩耍，关系密切，理应互相友爱。作者从正反两个方面说明了自己的观点。

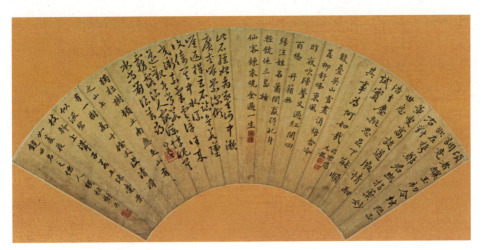

《治家篇》谈治家的种种注意事项；《风操篇》讲人生在世应具有的种种风度节操；《涉务篇》谈士人君子的为人处世之道；《文章篇》谈有关文章创作的一些主张，此外，重要的篇章还有《养生》《书证》《音辞》《杂艺》等，涉及内容广，说服力强，令人叹服。

知识点滴

郦道元在少年时代，就对地理考察有着浓厚的兴趣。十几岁时，他随父亲到山东，经常与朋友一起到有山水的地方游览，观察水流的情景。

当时，他们游历过临朐县的熏冶泉水，又观看了石井的瀑布。瀑布奔泻而下的水流，激起了滚滚波浪和飞溅的水花，那铿锵有力的巨大音响，在川谷间回荡。这美丽壮观的景色，使郦道元大为陶醉。

郦道元在山西、河南、河北做官时，经常抽出时间，进行实地的地理考察和调查。凡是他走到的地方，他都尽力搜集当地有关的地理著作和地图，并根据图籍提供的情况，考查各地河流干道和支流的分布，以及河流流经地区的地理风貌。

他或跋涉郊野，寻访古迹，追溯河流的源头；或走访乡老，采集民间歌谣、谚语、方言和传说，然后把自己的见闻，详细地记录下来。日积月累，他掌握了许多有关各地地理情况的原始资料。《水经注》就是在这样日积月累的辛勤考察中被成功创作完成的。

唐宋散文

继先秦两汉之后，唐宋时期是散文创作的又一个高峰时期，在这一时期，散文名家辈出，佳作不断涌现。广博的内容、完备的体式，高深的艺术造诣是唐宋散文最出色的地方。

名家中，唐宋八大家首屈一指，人人交口称赞，他们的作品被视为顶峰之作。就体裁而言，唐宋散文多种多样，有政论、史论、文论、奏议、碑志、游记、杂说、笔记等，各种体裁独具特色。

就数量而言，唐宋散文名家和散文名作的数量要远远超过前朝各代。唐宋散文以无可争议的辉煌成就登上古代散文的巅峰。

蓬勃兴起的唐宋古文运动

　　骈文体现了语言的工整和华丽，但是过多地使用典故，过分地讲究格律，片面地追求辞藻的华丽，就束缚了人们的思想，妨碍了自由流畅表达的需要。一些公牍文、政论文、应用文，使用骈文，常常影响了内容的表述。

　　因此，越来越多的文人，开始反对使用骈文，主张恢复先秦两汉时的散体文，这就是唐宋时期的古文运动。

　　先秦和汉代的散文，特点是质朴自由，以散行单句为主，不受格式拘束，有利于反映现实生活、表达思想。西魏时思想家苏绰曾提倡商、周古文以改革文体，但没有取得效果。

而后，隋文帝也曾下令禁止使用骈文，隋代大臣李谔也曾试图改变使用骈文的文风，但都以失败而告终。

唐代初期，骈文在文坛上仍占主要地位。到了唐玄宗天宝年间至中唐前期，萧颖士、李华、元结、独孤及、梁肃、柳冕先后提出改革文风的主张，并用散体作文，成为古文运动的先驱。

在萧颖士、李华、元结、独孤及等人之后，韩愈、柳宗元在此基础上提出了明确而完整的古文理论，他们将古文运动和儒学复古运动结合起来，并将儒学复兴的思潮和文体文风的改革推向高潮。

韩愈是唐代古文理论和创作实践最有权威性的代表人物，他的古文理论是非常全面、系统、深刻而又富有创造性的。

韩愈经过认真思考，提出了"古文"这一概念。他把六朝以来讲求声律及辞藻、排偶的骈文视为俗下文字，认为自己的散文继承了先秦两汉文章的传统，所以称"古文"。

韩愈明确提出了注重实用的思想，强调人品与文品一致，强调创新，尤其主张在语言上推陈出新，提出了"必出于己，不袭蹈前人一言一句""惟陈言之务去""文从字顺各识职"等主张。

　　为了推广古文运动，韩愈进行了大量的活动，他不顾他人讥笑和打击，广收门徒，将知识、经验以及见解，教授给他们，努力扩大影响。韩愈的学生李翱、皇甫湜、李汉等人也千方百计推广古文运动。

　　柳宗元大力支持韩愈的主张和行动，给予了各种力所能及的帮助。韩愈和柳宗元等人注意汲取口语中的新鲜词汇，提炼为一种接近口语的新的书面语言，写下了许多优秀作品，扩大了书面语言的表达功能，开创了新的散文传统。

　　在韩愈和柳宗元等人不遗余力推进下，唐代的古文改革终于取得了初步成功。用古文写作的人越来越多，形成对骈文压倒优势。到了

晚唐时期，古文运动衰落了下来，骈文重新又在文坛上占据了主要位置。

　　宋初，晚唐的骈文之风又起到了不良的作用，影响了宋初的文坛。宋真宗时，杨亿、刘筠等一批西昆体文人模仿唐代诗人李商隐的四六体骈文，一味追求声律的和谐、对偶的工整和华丽的辞藻，骈文之风恣意蔓延。

　　一些富有远见卓识的人士继承韩愈、柳宗元倡导的古文传统，大力主张写作反映现实的文章，揭开了北宋古文运动

的序幕。

宋代的古文运动在唐代古文理论的基础上，对有关文道、文风、语言、文体等方面作了进一步的理论探讨，确立了通俗易懂讲究实效的语言风格。

初期复古作品在表现手法上融叙事、描写、议论于一炉，大大提高了散文的表现力，有效地遏制了骈体文风，散文最终占据了文坛的主导地位。

欧阳修是宋代古文运动的代表，欧阳修主张"文以明道"，从理论和创作两方面为诗文革新奠定了基础，确立了方向。

他还注意培养选拔古文高手。曾巩、王安石、苏轼兄弟等都是他的门生。他们的散文创作，继承和发扬了韩愈和柳宗元的传统，又开创了新的局面，异彩纷呈。

在欧阳修之后，曾巩、王安石和三苏先后登上文坛，以杰出的成就创造了散文创作的繁荣局面。其中苏轼取得的成就最大。

苏轼对宋初以来的古文理论有了进一步的深入阐发。他主张"文必与道俱",提出文必立意,强调"辞达",倡导自然平易。

苏轼是个多才多艺之人,所有的题材到了他的笔下,经他随意挥洒,就成了自然高妙的文章。他把古代散文的艺术价值和实用功能发挥到了极致。苏轼的散文标志着北宋古文运动的最终成功。

在苏轼之后,活跃在文坛上的主要是苏门后学黄庭坚、秦观、张耒、晁无咎等人,他们的文学主张和创作实践都受到苏轼的影响。他们的文章多有慷慨之辞,并各有特色。

唐宋古文运动的成功客观上促进了散文的进一步发展,为散文的全面成熟和高度繁荣奠定了基础。

知识点滴

唐代的古文运动主要的思想基础是儒家思想。韩愈和柳宗元是唐代古文运动的核心人物,他们将复兴儒学的思潮推向了高峰,但是韩愈和柳宗元在复兴儒学的问题上有着不同的主张。

韩愈最突出的主张是重新建立儒家的道统,越过西汉以后的经学而复归孔孟。他以孔孟之道的继承者和捍卫者自居。柳宗元也是重新阐发儒家义理的重要理论家,与韩愈有所不同的是,他对所谓儒家"道统"没有多大兴趣,也不排斥佛教,他更重视的,乃是源于啖、赵学派不拘空名、从宜救乱的经世儒学。

韩愈的散文和柳宗元的散文也有着不同。韩愈的文章跌宕起伏,柳宗元的文章思绪流动不绝。韩愈文章雄大,柳宗元的文章精悍。韩愈的叙事散文多取材于官僚将士文人墨客的事迹,柳宗元的散文则多以下层社会的小人物、自然界的现象为创作题材。

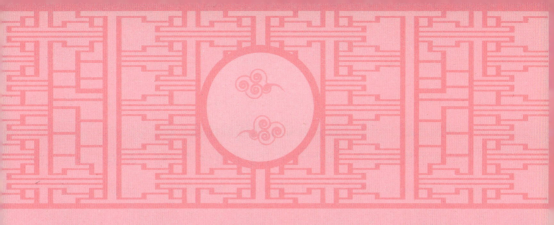

韩愈丰富卓越的散文成就

韩愈是北魏贵族的后裔，刚两个月的时候母亲就去世了，3岁的时候又失去了父亲，后来随着哥哥韩会来到广东，哥哥不久也离世了，最后由嫂子教养成人。韩愈喜欢读书，13岁时就能做得一手好文章，曾跟独孤及、梁肃的学生学习过。

韩愈曾4次参加科举考试，直到25岁时才考中了进士，但又三进吏部不成，三次给宰相上书，

却没有得到一次回复；三次登当权者之门，均被拒之于门外。直到29岁，韩愈才当了一个小官，开始了坎坷的仕途生涯。

韩愈的文才极高，他写出了很多典范性的文章，开创了新一代的文风。他的文章题材广泛，内容丰富，形式多样，手法新奇，表现力强，无论议论说理，写人叙事，言志抒情，都各具风采，有很强的艺术感染力。

韩愈十分擅长写散文，他的散文摒弃了六朝以来骈文的束缚，形成了一种规范的文体，呈现出雄健奔放、气势磅礴、瑰奇多姿的风格特色。

北宋文学家苏洵在《上欧阳内翰第一书》中曾评价韩愈的散文道：

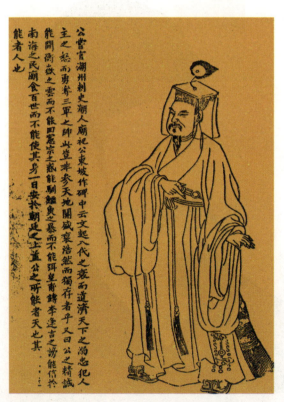

韩子之文，如长江大河，浑浩流转，鱼鼋蛟龙，万怪惶惑，而抑遏蔽掩，不使自露。而人望见其渊然之光，苍然之色，亦自畏避，不敢迫视。

韩愈的散文涉及各种文体，有论、说、传、记、书、颂、赞、状、哀辞、墓志等，既有长篇大论，也有短篇小品，均各具特色，这些文体可概括为论说文、叙述文、抒情文三大类。

韩愈的论说文正气浩然，说理透彻，议论深刻，逻辑性很严密，笔力雄健，具有很强的说服力和论辩性。

韩愈的记叙文主要是记人、记事，还有记物，包括传、记、墓志铭等文体。韩愈非常善于选择有代表性的材料，运用简洁凝练的语言，把所表现的人与事物刻画得栩栩如生，非常有鲜活感，而且手法多变，创造性强。

在叙述中，韩愈运用了不

同的叙述手法，以典型的动作和生动地语言刻画人物性格特征，简练明畅地展现事物的多种状态。叙述流畅，叙事、议论、抒情融合在一起，具有很强的艺术感染力。

韩愈的抒情文更是写得真挚动人，往往不直接抒情，而是把深深的感情融合在生动的描述而后议论中，寓情于事，寓情于论，显得既含蓄委婉，又酣畅雄放，有着深深的感人力量。

祭文、序文、书启都在韩愈的抒情文之内。韩愈将祭文写得如诉家常，情真意切，悱恻动人，令人不禁与之同悲。

韩愈的序文通常是赠序，属于送别亲友，表示自己勉励和惜别的文体。序文中通常要融入自己的感情，因此显得意味深长，情感动

人。韩愈写书启因书启的作用不同而赋予不同的写法，有的语言生动，但口吻谦卑；有的词语恳切，感情真挚；还有的充满了深深的眷恋之情，读起来令人凄切。

韩愈是一个不畏强权，敢于讲真话的人。他的散文大胆真率，锋芒毕露、正气凛然、无所畏避，蕴含着常人很难拥有的勇气和胆魄，具有浓烈炽热的感情。他的奏疏敢于揭发事实，耿直无忌，而且坦率真诚、无所掩饰。

韩愈感到如果过度痴迷于佛教于国、于民都没有好处，于是写了一篇反对佛教的文章《论佛骨表》。文章充满着激愤的感情，情辞恳切无所畏惧，可谓正气凛然。文章格调雄放，说理透彻，令人信服。

韩愈的散文自由随意，自然活泼、娓娓道来，犹如在与人话家常。《与崔群书》《与孟东野书》《答崔立之书》都体现了这一特色。其中《与崔群书》更是体现了这种家常本色，韩愈仅仅用了短短百多字，便交代了与崔群之间的往来，写出自己生平认识很多朋友，有些曾经很亲密，后来却又生疏了，只有崔群是真正的朋友。

韩愈勇于创新，文章不落俗套，新奇活现。他用生动形象、优美自然、富于表现力的散文取代了雕饰过重的骈文，并将各种新的表现手法灵活地运用于各种文章体裁之中，使不少文体发生了创变。他的墓志铭、祭文、序文、书信都体现了这种特色。

墓志铭一般包括志和铭两部分。志用散文，多叙述死者的家世和生平事迹，类似传记；铭用韵文，多表示对死者的赞扬、悼念之情。

韩愈却打破了这种墓志铭死气沉沉的局面，他写的墓志铭格无定式，因人而异，随事而别，新意迭出，创造性地发展了墓志铭文体，开创了墓志铭这种文体的新风。

韩愈又根据墓主的特点，采用不同的写作手法，有的以叙事为主，有的侧重于议论，有的又将叙事和议论融合在一起，手法灵活多变，一人一样，绝不雷同，并对墓主投入了自己浓厚的感情。

韩愈创造性地发展了各种文体，使它们具有了很高的文学性，他在长期的散文创作实践中形成了自己独特的雄奇文风，表现出独有的审美价值和艺术追求，具有巨大的艺术感染力。

韩愈的散文语言内涵丰富，极富生命力。他既善于灵活运用古代一切有生命力的词语，化腐朽为神奇，又能积极创造新的文字表达方式和文学语言，从平淡中生出新意。他的词汇源泉滚滚，有很多来自口语，后来又变为成语。

韩愈的散文句法以散体为主，有时杂用骈偶和排比，而长短不拘，音节自然，舒卷自如，每于不经意处，发出警句。

韩愈很好地继承先秦汉以来的优良散文传统，以自己的创作理论和创作实践完成了一种新型的散文。它既不同于骈文，也不同于先秦两汉的古文，而是更接近当时的语言实际，更自然活泼、明晓流畅。

其语言的表现力和生动性都有了非常大的进步，应用的范围也达到了无限广泛的程度，不论用它来说理、叙事、抒情，或者日常应用，都抒写自如，且言辞达意。

知识点滴

韩愈是个敢作敢为，不怕得罪权贵的人。他曾被任命为监察御史。803年，关中地区大旱。韩愈查访发现，灾情严重，为此他痛心不已。而当时负责京城行政的京兆尹李实却封锁消息，上报朝廷说，关中粮食丰收，百姓安居乐业。

韩愈知道这个消息后，十分生气，他奋笔疾书，向皇上递交了《御史台上论天旱人饥状》，反映关中地区灾情的真实情况，并请求减免这一地区的租税。

819年，韩愈写了一篇《谏迎佛骨表》上疏直谏，对兴师动众、耗费巨资，掀起迎拜佛骨狂潮的宪宗加以劝诫。他在文章中恳请，将佛骨"投之于水火，永绝根本，以断天下后世的迷信疑惑"，"此皆群臣之所未言，陛下之所未知者也"，"一切灾殃，由臣承担，上天鉴福，绝不怨悔"。

从这两件事中，可看出韩愈的铮铮铁骨。

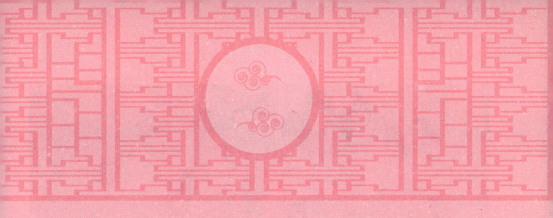

苏轼开创鼎盛的散文格局

苏轼出生于一个书香世家，祖父苏序喜欢读书，善于作诗，父亲苏洵是北宋时期的文学家，擅长做文章。苏轼是苏洵的第二个儿子，因此为"仲"。

苏轼性格比较急躁，苏洵希望儿子性格和缓些，因此又给苏轼取字"和仲"，后来另给苏轼取字"子瞻"，这与他的名"轼"相关，"轼"指车厢前的扶手，取这个名字说明父亲希望他能出类拔萃，却

不能过于突出。

苏轼，号东坡居士， 1079年，苏轼被贬到黄州做团练副使。初到黄州，苏轼生活困顿。黄州通判马正卿是他的故人，便从黄州府要来了已经荒芜了的50亩军营旧地给他种。营地位于黄州的东坡。

第二年春天，苏轼在东坡的上面筑雪堂，题之为"东坡雪堂"，并作《雪堂记》。

苏轼很仰慕唐代的诗人白居易居士。当年白居易贬谪四川忠州时，曾在忠州的东坡种植花木，并写下了不少闲适诗，如《步东坡》《别东坡花树》等，白居易曾写一首《步东坡》的诗：

朝上东坡步，夕上东坡走，

东坡何所爱，爱此新成树。

苏轼仰慕白居易，故自号为"东坡居士"。

1057年苏轼考进士时，写了一篇《刑赏忠厚之至论》，受到了主考官欧阳修的赏识，欧阳修以为这篇文章是自己的弟子曾巩所作，为了避嫌，苏轼获得了这次考试的第二名。于是，在1061年，苏轼信心满满地开始了自己报效祖国的为官生涯。他在任地方期间，做了很多利于百姓的事情。

苏轼有着极高的天赋，许多东西一学就会，多才多艺，诗文书画皆精。他的文章汪洋恣肆，明白畅达。他的诗作清新豪健，善用夸张、比喻。他的词开豪放一派，气势磅礴。

苏轼的书法"自出新意、不践古人"，特别擅长行书、楷书，并能自创新意。在绘画方面，苏东坡擅长画枯木竹石，重视神似，提倡"士人画"。为"文人画"的发展奠定了坚实的基础。

苏轼写了很多散文作品，有赋铭、颂赞、议论、杂著、记序、表状、书牍、碑记、笔记等，可分为论事文、杂文、赋体文等。

苏轼写了很多论事文，主要包括政论和史论两部分。政论文又包括策论文和进策文以及一些论说政事的奏疏。文章博采史事，分析透彻，逻辑性强，笔锋犀利，气势磅礴。

苏轼的策论文针对当时朝廷政策的弊端提出意见和建议，具有针对性，论辩有力。苏轼的进策文多是应试之作。多数文章表现了作者对现实的深刻认识，反映出作者力主改革的思想。

比较著名的有《进策》25篇政论。苏轼写史论能依据常见的史料引出独到的见识，立意独到，论辩滔滔，具有很强的说服力。

苏轼写记叙文最拿手，可以说是挥洒自如，他所写的记叙文包括碑传文、记体文及文赋等，其中以写山水游记和亭台堂阁记为代表。

苏轼的游记，不仅记叙、描写、议论并重，而且议论占的比重较大，往往凭借议论给文章辟出新的境界，尤其善于表现对自然景物的赏会与人生哲理领悟之间的融合。

1084年，苏轼由黄州团练副使移任汝州团练副使时，顺路送大儿子苏迈到饶州德兴县任职，途经江西湖口，有机会游览石钟山，苏轼便进行实地考察，为辨明石钟山命名的由来，便写了一篇山水游记《石钟山记》。

《石钟山记》不同于一般的游记而显得别具一格，文章首尾呼应，重点突出，笔法流畅，有叙述、有描摹，有议论，有人，有景，有声，有形，有色，行文舒卷自如，精彩纷呈。

苏轼的亭台记也很有特色，长于借题发挥，随机生发出一段妙理高论，融记事、抒情与思辨为一体。另外，苏轼写亭台记，构思千变万化，没有固定的套式，舒卷自如，各尽其妙。这类作品有《超然台记》《凌虚台记》《喜雨亭记》等。

苏轼写了大量的杂文，主要包括杂记、序、书札、杂说、随笔、题跋等。杂记文理自然；书札感情充沛，自然成文；杂说行文活泼，充满真知灼见；随笔内容丰富，情韵悠长；题跋言简意赅，笔调活泼，有着独到的见解。

进入宋代以后，文赋得到了极大的发展，苏轼极富创造力，他进一步兼取古文和赋的特点，用写散文的方法来作赋。他用骈散相间的语言自由地抒情和言理、描摹景物，使赋体从单调僵死的格律中摆脱出来，使其成为一种有着很强生命力的文体。

苏轼受牵连被贬到湖北黄州做团练副使的4年间，心情郁闷。在这4年期间，苏轼曾两次泛游赤壁，并写了两篇《赤壁赋》，两赋相隔3个月，真实地记录了他当时的生活，表达了他苦闷复杂的心情。

两篇《赤壁赋》写法上各有千秋。前赋夹叙夹议，随机生发，情

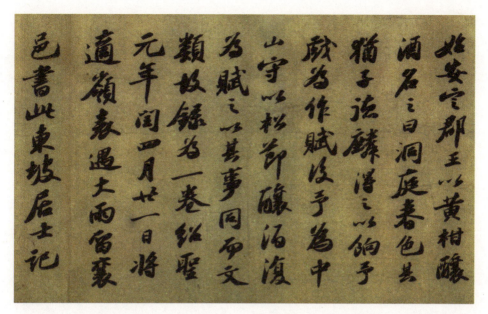

味隽永。苏轼先从秋日清风和明月交织成的江山美景中，写出自己由此而生的飘飘欲仙之乐。继而从悲凉的箫声和对历史人物兴亡的凭吊，跌入人生的苦闷之中。最后从眼前景物立论，阐发变与不变的哲理，回复到旷达超脱的心境。

后赋中，苏轼用大量的笔墨描绘赤壁的风光，暗示自己胸中的块垒坎坷和被压抑的情绪。文末，苏轼又写仙鹤托梦的幻境，凄凉朦胧的环境，象征自己当时抑郁不平的心境。与前赋相比，后赋写作上更具浪漫主义特色，

苏轼的散文，总的来说，"辞达""通脱"，有圆活流转、错综变化和自然真率之美。苏轼的散文还善于用比喻，多形象思维。在描写难于言传的状态情绪和感受时，他常用的方法是将其具体化形象化，有时用各种事物比喻人，有时又用人比喻各种不同的事物。

他不仅能用比喻生动准确地描写自然景物和各种具体事物的特

征，还在议论中用比喻说明道理，议论横生而妙趣无穷。

苏轼写散文还有将其向诗的方向发展的倾向，富于想象。苏轼写文章善于从虚处入手，采用诗家手法翻空出奇，或将无为有，或化有为无，讲究渲染气氛和营造意境，处处令人体会到一种真气内充的蓬勃诗意。

苏轼的散文把古文的表现力发展到更高的水平，把古文的应用范围扩大到更广泛的领域。

知识点滴

相传，苏轼20岁的时候，到京师去科考。有6个自负的举人看不起他，决定备下酒菜请苏轼赴宴打算戏弄他。苏轼接邀后欣然前往。

就在众人准备动筷子吃菜的时候，一个举人提议行酒令，要求酒令内容必须要引用历史人物和事件，这样就能独吃一盘菜。其余5个举人同声说话。

"我先来。"年纪较长的举人说，"姜子牙渭水钓鱼！"说完捧走了一盘鱼。

"秦叔宝长安卖马。"第二位举人也端走了一盘马肉。

"苏子卿贝湖牧羊。"第三位举人毫不示弱地拿走了羊肉。

"张翼德涿县卖肉。"第四个举人伸手把一盘炒肉端了过去。

"关云长荆州刮骨。"第五个人迫不及待地抢走了骨头。

"诸葛亮隆中种菜。"第六个举人端走了最后的一样青菜。

菜全部分完了，6个举人兴高采烈地正准备边吃边嘲笑苏轼时，苏轼却不慌不忙地吟道："秦始皇并吞六国！"说完把六盘菜全部端到自己面前，微笑道："诸位兄台请啊！"。

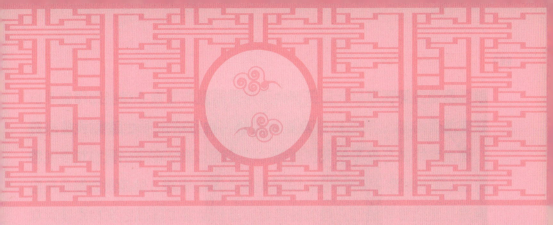

北宋著名散文家的创作

北宋时期是散文创作最为繁盛的时期，这时期涌现了大量的名家名作，韩愈、柳宗元、苏洵、苏轼、苏辙、欧阳修、王安石、曾巩的散文成就最高，作品流传最广，这8位名家被称为"唐宋八大家"。除了这八大家之外，还有王禹偁、范仲淹、周敦颐等人的散文也写得十分出色。

王禹偁出生于954年，983年考中进士做过翰林学士，三任知制诰等官。宋初骈文盛行，王禹偁主张复兴古文，他的散文写得平易晓畅，既不像骈文那么呆板，又不像宋初古文那么生涩，显得既有古文的自然流畅又有骈文的内在节奏美感。代表作有《待漏院记》《黄州新建小竹楼记》等。

范仲淹于989年出生于一个官宦家庭，自幼苦读诗书，1015年考中进士。范仲淹写有大量的政论、文赋与景观文，代表性作品有《岳阳楼记》《严先生祠堂记》《奏上时务书》《上执政书》《秋香亭赋》等，其中《岳阳楼记》最有名。作品借记叙重修岳阳楼一事，着力描绘了洞庭湖上的景色，表现了自己"不以物喜，不以己悲"的超脱观念，抒发了"先天下之忧而忧，后天下之乐而乐"的宏伟抱负。

范仲淹的另一篇文章《严先生祠堂记》也写得很有特色，文章短小精悍，主题明确，描写了东汉高士严子陵傲视帝王的高风亮节。文章议论充分，节奏明快，感情充沛，以诚挚质朴的情愫打动人。

曾巩生活在北宋时期，从小家境贫寒，曾巩兄弟姐妹众多，有1个哥哥，4个弟弟，10个妹妹。年幼的曾巩很懂事，从小就肩负起养家的重任。曾巩的文章质朴，不讲究文采，但严于章法，议论醇正含蓄，笔力纵横驰骋，语言简洁凝练。名篇《墨池记》重在说理，借事立论，生发开掘出层层深意，通过对王羲之学书法的墨池的记述，以细小而感人的故事，论及治学和为人，深化了文章的玄学主旨。

作者在短短的篇幅里，展现了丰富的内涵、错落的气势，给人以深切的启迪，具有强烈的感染力量。

　　王安石是北宋官员，曾做过翰林学士、参知政事、同中书门下平章事等职。他擅长作诗和散文。他写的《答司马谏议书》是一篇气势很盛的议论文。作者以一个卓越的政治家的风度，理直气壮地辩驳司马光强加给他的四项罪名。文章短小精悍，句句紧逼，层层盘进，显得正气浩然，气势凌厉，表现出雄健锐利的文风。

　　王安石的杂文也很出色，常以简短的文字、警策的议论，表达出一种不同凡响的见识、见解。其《读孟尝君传》《书刺客传后》《读柳宗元传》《书李文公集后》等都是这类文章的代表。

　　此外，王安石的一些记叙文，如《伤仲永》《游褒禅山记》等，也很有特色。它们不以生动的描绘、精细的刻画见长，而是因事明理，借题发议，从剖析具体事物生发出见解，融叙事和议论于一体，表现出超卓的见识。

　　1009年，苏洵出生于四川眉山，少年时喜欢游山玩水，不喜欢读书，直到27岁时立下决心发奋读书，经过十多年的苦读，学业大进。苏洵最有名气的作品是《六国论》。文章首先提出论点，然后就论点层层深入、反复论证，最后提出警示。全文脉络清晰，论证严谨，具有很强的逻辑性和说服力。

　　苏洵有3个儿子，二儿子叫苏轼，三儿子叫苏辙。苏洵、苏轼、苏辙父子三人合称"三苏"，苏辙有"小苏"之称。他的散文也写得很有特色，在纡徐曲折中透发出风骨，在平畅洒脱中显露出疏宕奇气。

　　苏辙创作了大量的散文，其中议论文、书、序、游记写得比较出色，写得最好的是政论和史论，具有很强的现实性。《新论》是政论代表作，文章纵谈天下大事，论断明晰。《历代论》《六国论》《三国论》等是史论代表作，文章分析全面，很有特色。

周敦颐生活在北宋中期，他的文章以说理见长，也写有一些抒情性的文章。他酷爱雅丽端庄、清幽玉洁的莲花，曾在任知南康军时，在府署的东侧挖池种莲，名为爱莲池。

池宽十余丈，中间有一石台，台上有六角亭，两侧有"之"字桥。盛夏时，周敦颐常漫步池畔，欣赏着缕缕清香、随风飘逸的莲花，口诵《爱莲说》。

《爱莲说》是一篇富有情致而文字优美的散文。作者借菊花、莲花、牡丹花3种名花的不同特质，象征性地表现了3种不同品格人物的处事情态，着重突出了莲花出淤泥而不染的高贵品格。

知识点滴

范仲淹曾在长白山（今山东邹平县境内）醴泉寺寄宿读书，那时，范仲淹生活极其艰苦，每天只煮一锅稠粥，凉了以后划成4块，早晚各取两块，拌几根腌菜，调半盂醋汁，吃完继续读书。但他对这种清苦生活却毫不介意，刻苦努力读书。

1011年，范仲淹到睢阳应天府书院求学。范仲淹珍惜书院的学习环境，昼夜不息地攻读。

曾有一次，宋真宗皇帝路过南京，大家都争相前去瞻仰皇帝的真容，范仲淹却闭门不出，像每天一样读书。

他的一位同窗怪他怎肯错过观望皇上的良机，他却回答："日后再见，也未必晚。"

范仲淹的一个同学、南京留守之子看他终年吃粥，便送些美食给他。他竟一口不尝，听任佳肴发霉。直到那个南京留守之子怪罪起来，他才长揖致谢说："我已过惯了喝粥的生活，一旦享受美餐，日后怕吃不得苦。"

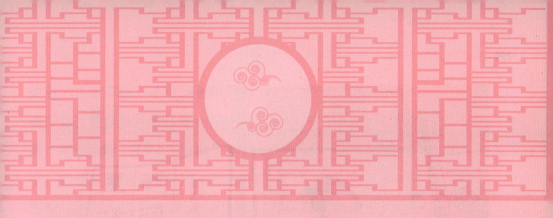

辽金元承前启后的散文

辽金元时期，散文继续向前发展，但没有形成自己独有的风格特色，一直没有摆脱出唐宋散文的影响，但是也出现了不同的创作局面。整体来看，起到了承前启后的作用，成为唐宋散文与明清散文之间的桥梁。

辽金元时期散文受北宋散文影响很大，其中，金元时期的散文风格，可以说是直接继承了北宋的文风传统。主要是继承了韩愈、欧阳修、苏轼散文传统风格。

辽金元时期的散文有自己的特点与成就。辽金元散文作家写歌功颂德、论述经义的文章较多，写碑记、铭志、传赞、诰册等应用性文字较多，而写景抒情的文章较少。

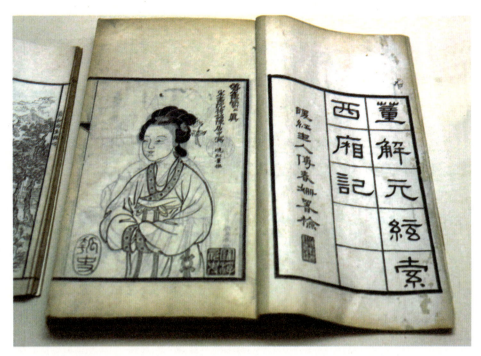

辽代的散文非常注重实用性，不注重文采，更多地表现为质朴和实在。大部分是诏书、奏表、造经题记、造像记以及碑铭之类的文章，王鼎、萧观音、耶律孟简等人是较有名气的名家。

辽代文章多不注意文采，更缺乏作者性格特征及风格特色，但是王鼎的散文却不同，他的散文文采浓郁，个性突出，感情强烈，独树一帜。

他在写散文时，总是把自己的观点暴露无遗，毫不掩饰，而且，文字和充盈其间的感情基调保持一致。他写的《焚椒录》是为懿德皇后抱不平的著作，其中收集了此案的全部资料。

王鼎为被诬帝后抱不平，字里行间充满着愤愤不平的情绪：

大墨蔽天，白日不照，其能户说以相白乎……视日如岁。触景兴怀，旧感来集。

这些情真意切的言辞是王鼎为被诬帝后所作的感慨，虽是为被诬帝后抱不平，却带有强烈的个人感情色彩。

金代散文家受欧阳修和苏轼的文章的影响较大，其中受苏轼的文章影响最大。王寂、党怀英是金前期较有名气的散文家。

王寂是金代中期重要的散文家，他的文章博大舒畅，经常有感怀抒愤之作，代表性作品有《曲全子诗集序》《三友轩记》《与文伯起书》等，其中《曲全子诗集序》是为其弟王采写的传，文章以"情"字贯穿始终，处处可见兄弟之深情。

在金代后期，散文家主要有赵秉文、王若虚、元好问等人。赵秉文生性好学，擅长诗文书画，在当时很有名气。他的散文所表现的哲学思想，以程朱理学为主，宣扬仁义道德之说。赵秉文受韩愈和欧阳修文风的影响，他写的记序一类的文章，富有气势，雍容博大。

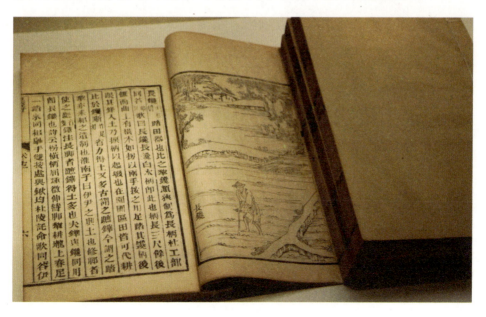

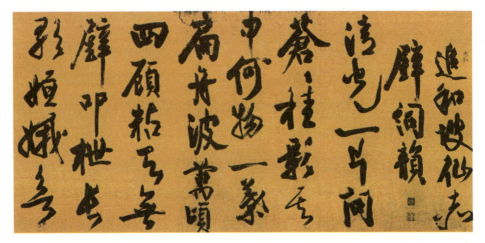

　　元好问生活在金元之际，擅长诗书，他的散文体裁丰富，以碑铭记序为多。他擅长写叙事散文，而不善于写说理散文。他的文章既受唐宋散文的影响制约，但也有自己的创造。

　　元代时期的散文依旧沿着唐宋古文的方向发展，但出现了新的变化。元代前期的散文家主要学习韩愈的雄健深邃的文体风格；另一些作家的文章的文风偏于平易温醇。元代后期，两者界限不太明显。

　　元前期的散文作家主要有姚燧、戴表元、刘因等人，其中，以姚燧、刘因的文章成就较高、影响较大。

　　姚燧官位显达，做过陕西汉中道地方官，还做过翰林直学、参知政事、太子宾客等大官。姚燧以散文著称，当时极负盛名，他曾跟随同时代著名学士许衡学习，但其散文的成就超过了许衡。

　　姚燧写了很多散文，其中多数是碑铭墓志和序文一类，抒情写景的文章很少。他的散文刚劲豪迈，却略显古奥，严谨简约，却也凸显生动。代表作品有《送畅纯甫序》《江汉堂记》《序江汉先生死生》《遐观堂记》《序牡丹》等。

　　姚燧的散文最突出的特点是讲究文章气势的刚劲雄豪，如《卢威仲文集序》中对卢威仲的叙述就很有代表性：

> 甲辰一疏，夺权臣而褫其气，蚕织而蟹匡，范冠而蝉
> 緌。夸者知往之不可恃，悖者知礼之不可失，其有功于名谊
> 如此。垂绅学馆之际，是非必陈，邪正必辨。阙政无能言而
> 言之者，必威仲也。

这段文字语言古奥而简洁，气势刚劲而雄豪。

姚燧文章还有一些个性的和特殊的表现。他的不少碑志文刻画清晰、形象生动，具有传记文学的特色；而序记文则多数写得变化多姿、文笔流畅、洒脱优美，更富有文学性。

刘因小的时候是有名的神童，6岁能作诗，10岁能文，20岁时开馆招收门徒，33岁被召入朝，不久借口母病辞官回家，专心写作。著作有《静修集》。

刘因的散文受宋散文的影响较大，但自有风格，取先秦两汉及唐宋诸家之长，不趋古奥，颇多议论，遒健有力，醇正有法度，文字纯净。他写的《辋川图记》是针对唐代诗人王维的《辋川图》所发的一番关于人品与才艺的议论，其文字技巧、语法修辞都很讲究。

元代中后期，散文得到了较快的发展，出现了一批文章名家。具有代表性的名家主要有虞集、揭傒斯、欧阳玄、宋本四大家，同时还有柳贯、苏天爵、吴莱等。这些名家都身居高位，具有多方面的文化修养。

虞集官至翰林直学士兼国子祭酒。他的文章反映了元代盛世思想，内容广泛，常以理学眼光审视社会，解释人情，往往中正和平，雍

容典雅。虞集各类散文很多，著有《道园学古录》，其中多数是散文，也有书信传记、题跋序录等。

揭傒斯官至翰林学士，他的文章叙事严整，语言简洁而得当，朝廷大典册及碑版之文，大多数出自揭傒斯之手，因此有"史笔"之称。

欧阳玄是欧阳修的后裔，他曾任芜湖县尹3年，注重发展农业，深得百姓拥戴。他参加过辽、金、宋三史的编写，他的散文多为应用文，他师法欧阳修和苏轼，但不为所完全限制，有较好的发挥。作品有《逊斋记》《奇峰说》《芳林记》等。

宋本自幼聪慧，读书勤奋，1321年考中进士第一名，官至集贤殿学士、国子监祭酒，为官清正廉明。宋本擅长古文，行文峻洁刻厉。著有《元史本传》。

知识点滴

　　姚燧和许衡有师徒关系。13岁时，姚燧在苏门山，即河南辉县境内，结识了前来拜访他伯父姚枢的元代大儒、著名理学家许衡，他对许衡的学识所倾倒。18岁时，姚燧在长安正式拜许衡为老师，跟许衡学习理学。

　　许衡很善于教育学生，史料记载"其言煦煦，虽与童子语，如恐伤之"，又能因材施教，因势利导。姚燧从许衡那里学到了很多知识，再加上他学习刻苦，因此长进很快。

　　可以说在许衡等人的影响下，姚燧文学创作的前期主要以理学者的面目出现，这对他后来成长为一个文学家有较为明显的影响。姚燧文学思想中的理学因素和许衡有很大关系，这也影响到了他的文学创作。

明清散文

　　明清散文家在继承前代古文传统的基础上，在散文理论和创作上努力追求新的变化，致使散文流派迭出，创作各异，作品精彩纷呈，风格多种多样，呈现出迥然不同的时代风貌。

　　明代散文流派众多，作家和作品颇为丰富，艺术风格也呈现出多种多样的特点。不同时期的散文带有不同时期的时代特色。

　　清代散文也显示了时代特征，在继承传统中继续发展，取得了卓越的成就，创造了新的辉煌。

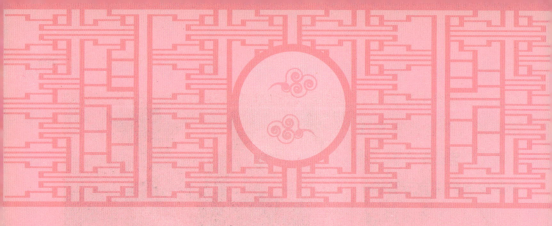

明代前期和中期各派散文

　　明代前期，散文的创作比较繁荣，但是没有形成流派，都处于明代开国之初，因此统称之为"开国派"。这些作家中较著名的有宋濂、刘基、方孝孺等以及主要以诗著名的高启。

　　宋濂生活在元末明初，自幼家境贫寒，但聪敏好学，曾跟随元末

古文大家吴莱、柳贯、黄溍等学习。元朝末年，元顺帝曾召他为翰林院编修，他以奉养父母为由，没有应召，而专心著书。

　　宋濂后被明太祖朱元璋征召到南京，就任江南儒学提举，与刘基、章溢、叶琛尊为"五经"师，为太子朱标讲经。1369年，奉命主修《元史》，官至翰林院学士承旨、知制诰。

　　宋濂是个实在而且聪明的人，一次他与客人饮酒，皇帝暗中派人去察看。第二天，皇帝问宋濂昨天饮酒没有？来客是谁？饭菜是什么？宋濂都以实话相回答。

　　皇帝笑着说："确实如此，你没有欺骗我。"

　　一次，皇帝问宋濂大臣们的好坏，宋濂只举出那些好的大臣说说。皇帝问他原因，宋濂回答道："好的大臣和我交朋友，所以我了解他们；那些不好的，我不和他们交往，所以不了解他们。"

　　宋濂的文章可分为序记、传记和寓言三大类，文辞简练典雅，很少作铺排渲染。偶尔有些描写的片断，却写得相当秀美。各种文体往往各具特点，可以看出变化，不是那么僵板，思想也比较深刻。总的说，宋濂的文章具有较高的语言修养和纯熟的技巧，是明初文学风尚的典范。

　　刘基，字伯温，生活在元末明初，是跟随朱元璋创建明朝的开国元勋，曾给朱元璋出了很多好主意。刘基从小敏而好学，聪慧过人，由父亲启蒙识字。阅读速度极快，据说"读书能一目十行"。12岁时就考中秀才，乡间父老皆称其为"神童"。

　　1324年，14岁的刘基入府院读书。他跟着老师学习《春秋经》。这是一部隐晦奥涩、言简义深的儒家经典，很难读懂，尤其初学童生一般只是捧书诵读，不解其意。刘基却不同，他不仅默读两遍便能背诵如流，而且还能根据文义，阐述自己的看法。

老师对这等奇异的事情大为惊讶，以为他曾经读过，便又试了其他几段文字，刘基都能过目而理解其中的意思。老师十分佩服，暗中称道"真是奇才，将来一定不是个平常之辈！"

朱元璋称帝后，刘基任御史中丞，兼任太史令，封为诚意伯。刘基擅长为文，特别是擅长写寓言，他写的《郁离子》共18章159篇，内容涉及社会、政治、经济和伦理道德等诸方面，揭露统治者的贪婪腐败。语言简洁明快，篇幅简短，含义深刻。

除了写了《郁离子》，刘基还写有《司马季主问卜》《松声阁记》《卖柑者言》《工之侨为琴》等，其中《司马季主问卜》是仿效屈原的《卜居》的问答体，说明盛衰穷通是自然之理，宣传人灵于物的积极思想。

方孝孺是宋濂的学生，在宋濂众多的学生中，方孝孺的文章做得最好。他为人倔强，有气节。他的文章纵横豪放，犀利泼辣。其文章创作主要是各类杂著、政论、史论及读书记等，均富有特色。

方孝孺擅长写寓言体杂文，他的寓言体杂文多借助于生动的形象阐明事理。《蚊对》是一篇探讨生活哲理的论理杂文；《指喻》是一篇叙事论理的哲理文章。

《越巫》和《吴士》则通过叙述越巫自诩善驱鬼而被假鬼吓死以及吴士好夸言的故事，鞭挞了招摇撞骗、自欺欺人的越巫之流，也形象地揭示了骗人者始则害人、终则害己这一古训。叙事生动而简洁，立意正大而警策。

台阁派是出现在明初永乐、天顺年间的一种文学流派。台阁

派的文章很多为应制、题赠、酬应而作。台阁派主要以杨荣、杨溥、杨士奇为代表。

这些人均为台阁重臣，地位高，影响大。他们的文章，风格上讲究雍容典丽，但是千篇一律，使散文创作呈现出单调、空泛、沉闷、衰落的状态。

继台阁派之后，出现了茶陵派，茶陵派是明代第二个正式的文学流派。这个流派在散文创作上，起到了承前启后的作用。茶陵派的领袖是湖南茶陵人李东阳，因此称这个流派为"茶陵派"。

李东阳生活在明代中期，他做过侍讲学士、东宫讲官、礼部侍郎兼文渊阁大学士。他为文追求典雅，努力摆脱台阁之风，但是未能超越台阁派的为文风气。他为文主张复古，最尊崇曾巩的文章。他的作品有《拟恨赋》《京都十景诗序》等。

进入明代中期，出现了两次诗文复古运动，领导者称为前后七

子。 前七子是指明代弘治、正德年间出现的李梦阳、何景明、徐祯卿、边贡、王廷相、康海、王九思，他们有基本相同的创作主张。其中以李梦阳、何景明为代表，最受推崇，被视为领袖，其诗文创作均有成就。

李梦阳为人刚正不屈，嫉恶如仇，因此，做官生涯颇为不顺。他的文章平稳、古朴。他写的《禹庙碑》，发幽古之情，文字端庄大方，词句宁静古朴。

此外，李梦阳还写有一些颇为真实感人的书信，如《与何子书》叙事抒怀，发自肺腑，语言浅俗，有着很强的感染力量。

后七子是指在明代嘉靖、隆庆年间出现的李攀龙、王世贞、谢榛、宗臣、梁有誉、徐中行、吴国伦。他们的创作主张和前七子基本相同，其中以宗臣、王世贞为代表。

宗臣为人禀性刚直，不肯依附权贵。他的文章以颇深的造诣而闻名。一般认为，后七子主张复古，文章缺乏生气，且枯燥难读，但宗臣的文章却常能突破拟古的习气，写一些感情真挚、内容充实、形式清新的佳作。

宗臣写的在《报刘一丈书》中绘声绘色地刻画了3种人物形象，虽然笔墨不多，却写得形神兼备、惟妙惟肖，有性情，有气势，有血肉，生动如画。文章叙事简洁，笔锋犀利，以讽刺之笔达到了穷形尽相的效果。

在前后七子之间，还有所谓的唐宋派。这一派继承唐宋诸大家古文传统，文章多富有文学意味，文从字顺，气韵流畅，平易近人。主要代表有王慎中、唐顺之、茅坤、归有光等人，其中成就最高、影响最大的是归有光和唐顺之。

知识点滴

　　刘基在民间的人气极旺。在一般人的心中，刘基是清官的代表，是智慧的化身，百姓的救星。相传，他能前知500年、后知500年，是个神仙级的人物。

　　明代开国皇帝朱元璋评价刘基："刘基学贯天人，资兼文武；其气刚正，其才宏博。议论之顷，驰骋乎千古；扰攘之际，控御乎一方。慷慨见予，首陈远略；经邦纲目，用兵后先。卿能言之，朕能审而用之，式克至于今日。凡所建明，悉有成效。"刘基还是个为文的大家。明人所辑的《诚意伯文集》中，有刘基散文323篇，诗歌1184首，词233首。《明史·刘基传》评论说，刘基"所为文章，气昌而奇，与宋濂并为一代之宗"。

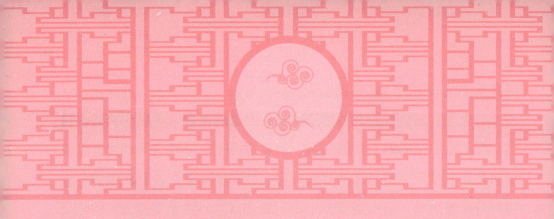

公安派竟陵派开辟新境界

就在前后七子、唐宋派掀起复古文风的时候，一些强调舒张个性、注重内涵的流派逐渐酝酿产生了，这些新流派作家为文标新立异，既突破了宋元儒学的传统，也突破了唐宋古文的传统，开创了明代散文的新境界，也促成了明代散文创作最光辉灿烂的时期。

李贽、徐渭等人是这些新流派的开路先锋，他们强烈追求个性解放，思想与周围传统的习惯势力格格不入，散文创作也表现出鲜明的个性特征。他们的作品有着惊世骇俗的言论，给人以一种前所未有的冲击力。

李贽1552年考中举人，历任河南共城知县，南京国子监博士，礼部司务，户部员外郎等。

李贽的思想非常独特，他崇尚儒

学，反对理学，公开以"异端"自居，曾被指为"毁圣叛道"。他强调为社稷民生着想，关心百姓生活才是"真道学"。他提倡个性自由、官民平等和男女平等。

李贽的文章或长或短，不拘一格，大胆直言，真率辛辣，锋芒毕露，有着强烈的战斗性和鲜明的个性，文章语言精警，像与人说话一般平常，没有丝毫的惺惺作态之感。

徐渭，字文长，号天池山人、青藤道人，性格狂放，常以诗酒书画自娱。他多才多艺，擅长画画、书法，也善于诗文，还善于戏剧理论和创作。

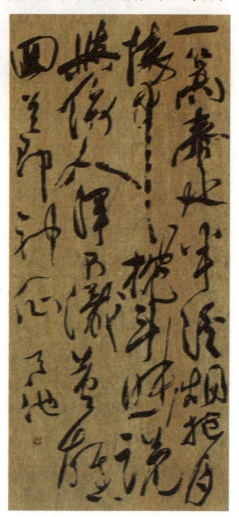

他对功名事业充满了向往，然而在科举道路上却屡遭挫折。20岁时，他勉强考中了个秀才，此后一次又一次参加乡试，直到41岁，考了8次，始终也未能考中。

徐渭为文，主张独创，反对模拟。他曾说：鸟学人言，其本性还是鸟。

他写有多篇序跋、书牍、记类小品，文章文雅而不俗，奇恣纵肆，看似随便，其实颇为讲究，最能见其个性。他写的记类小品《答张太史》最能体现他的个性。《答张太史》有这样一段话是：

徐渭与张太史是世交，但两个人贫富以及性格有着天壤之别，文章暗含对张太史的讽刺，写得幽默、含蓄而辛辣，诙谐潇洒，行文爽朗流利。

在李贽、徐渭等人之后，活跃在明后期文坛的是公安派人物。公安派的代表人物是号称"三袁"的袁宗道、袁宏道、袁中道三兄弟，因他们是湖北公安人，故名。他们诗文兼长，以自己的文学主张和创作实践使明后期的文风为之一变。

"三袁"的散文主要是以描写士大夫闲适生活和自然景物为主，语言清新明快，不事雕琢。其中以袁宏道和袁中道散文成就最高、影响最大。

袁宗道是个很厉害的人,1589年礼部会试,他取得了第一名,殿试成二甲第一名进士,第二年,就担任了翰林院编修,授庶吉士。他为文崇尚本色,尤其推崇白居易和苏轼,文风自然清新。

袁宗道的文章以文论、尺牍、游记为代表,代表作有《论文》《极乐寺纪游》《上方山四记》《答长江洲绿萝》等。其中《极乐寺纪游》行文很有特色。

极乐寺的妙处不在寺庙建筑本身,全在于自然环境的幽美,因此袁宏道在行文时将更多的笔墨倾注在对其自然环境的描画上,文字有层次、有色彩、有动态、有气氛,完美地将极乐寺之美表现出来。

袁宏道是袁宗道的弟弟。他的成就不如哥哥袁宗道。他的文章多为序、记、尺牍,以及游记、日记。作品清新隽秀,独具一格。

作品《西山十记》勾画出了完整的西山景色,将自然的色彩、景物的神韵和山水的意境熔于一体,景致描写十分的精彩,给人以诗画之感。

公安派之后是竟陵派。竟陵派认为公安派作品俚俗、浮浅,倡导为文雅深,反对拟古之风。竟陵派主要以钟惺和谭元春为代表，因为钟惺和谭元春都是湖北竟陵人，因此称这个流派为竟陵派。

钟惺的文章主要有序记碑传、书简题跋、史论奏疏、记游等，其中记游较为出色。这类作品善于刻画，能描绘出幽深孤峭的境界，文章常有隽永妙词，能得简淡清远之妙。较有名气的作品有《浣花溪记》《夏梅说》《梅花墅记》和《岱记》等。

《浣花溪记》叙事写景以浣花溪为主线，抒情议论以赞颂杜甫为中心，情景交融，意境深邃，显示了竟陵派的特色。其中写溪水富有特色，将浣花溪的飘逸风姿尽收笔底。

知识点滴

公安派在文学上主张"独抒性灵"。所谓"性灵"就是作家的个性表现和真情发露。他们认为"出自性灵者为真诗"，而"性之所安，殆不可强，率性所行，是谓真人"，进而强调非从自己胸臆中流出，则不下笔。

因此他们主张"真者精诚之至。不精不诚，不能动人"，应当"言人之所欲言，言人之所不能言，言人之所不敢言"，这就包含着对儒家传统温柔敦厚诗教的反抗。

公安派作家把创作过程解释为"灵窍于心，寓于境。境有所触，心能摄之；心欲所吐，腕能运之"，"以心摄境，以腕运心，则性灵无不毕达"。

只要"天下之慧人才士，始知心灵无涯，搜之愈出，相与各呈其奇，而互穷其变，然后人人有一段真面目溢露于楮墨之间"，就能实现文学的革新。

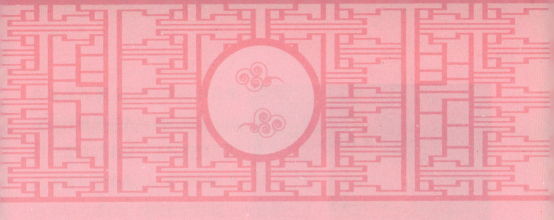

体现时代的晚明小品文

明代后期，在公安派和竟陵派发展的同时，在散文领域逐渐形成了小品文的高潮，小品文代表了晚明散文所具有的时代特色。

顾名思义，小品文体制较为短小精练，体裁上则不拘一格，没有固定的格式，序、记、跋、传、铭、赞、尺牍等文体都可适用。

晚明时期，文人的文学趣味发生了很大的变化，人们的欣赏视线从往日庄重古板的大文章，转移到了轻俊灵巧而有情韵的小文章，这样就在客观上促进了小品文的发展壮大。

晚明小品文有的描写风景，有的杂记琐事，情趣盎然，风格各异，各显风采，其中尤以山水小品引人注目。这些小品独抒性灵，不拘格套，信笔写出，潇洒自如。

将写景、抒情、叙事、议论于一体，短小精悍，流丽清新，隽永飘逸，富于诗情画意，以平易流畅的语言自然地表现自己的真实情感。

晚明小品文的代表人物有江盈科、陈继儒、李流芳、祁彪佳，在他们后面的王思任、刘侗、张岱则把山水小品文推向了高峰，其中张岱成就最高，他是晚明小品文的集大成者。

王思任生于北京，20岁考上进士，做过陕西和安徽的地方官。一方面他性情孤高，富有气节。另一方面，他为人滑稽，为文谐谑，好开玩笑。

王思任的山水小品文更多地继承了柳宗元的文风，借山水景物而传述出抒情主体的心魄。擅长写小情小景，风格清新活泼，语言明净澄澈，不避俚俗又富于表现力。

主要作品有《小洋》《天姥》《游满井记》《游惠锡山记》《历游记》等，体格变幻，备极奇妍，不仅写景笔墨如绘，而且在恣肆狂放中时常杂有谐谑之语。

刘侗是湖北麻城人，41岁才考中进士，刘侗是个很有才华的作家，他的山水小品文独树一帜。他在北京居住多年，与朋友奕正合撰的《帝京景物略》，由一百二三十个短篇组成，积小品而成大品。

此书广采博收，详记北京的城郊景物、园林寺观、名胜古迹、山水堤桥、陵墓祠宇，乃至风习节令、花草虫鱼，兼及一些人物故事，是一部文学色彩浓厚的方志书，又是一部优美的小品文结集。

《帝京景物略》视角独特，似乎从高处俯瞰大地颜色的变化、田间歌声的不同，生动地表现出劳动者的感受和心态。画面不是平面的，而是立体和多角度的，融《世说新语》之隽永、《水经注》之雅洁、袁宏道游记之灵趣于一炉。

清代学者纪昀在《帝京景物略序》中说：

> 其胚胎则《世说新语》《水经注》，其门径则出入竟陵、公安，其序致冷隽，亦时复可观。盖竟陵、公安之文，虽无当于古之作者，而小品点缀，则其所宜。寸有所长，不容没也。

张岱生于1597年，经历了明清两个朝代。青少年时期一直过着富贵荣华的生活。他兴趣广泛，喜好美食、艳衣、骏马、华灯、梨园、鼓吹、古董、读书等，其中对诗书很是着魔。

张岱是晚明小品文的集大成者，他的作品，兼有"公安"和"竟

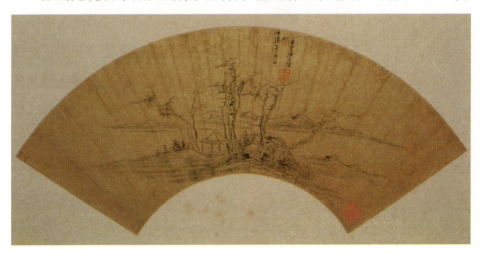

陵"两派之长，又有自己的特色。著有小品集《陶庵梦忆》《琅嬛文集》《西湖寻梦》等。

内容十分丰富，包括山川景物、亭台楼阁、社会风貌、民情民俗、戏曲杂艺、花木竹石、斗鸡走马等，大大拓展了小品文的题材。

张岱的小品文记载风物，不单纯写景叙事，而且讲究情趣神韵与诗意。张岱善于塑造意境，以独特的美学眼光和独特的文字，渲染独特的审美心态。

此外，张岱写人物，善于抓住最典型的言行，以简单的几笔就能将人物形象惟妙惟肖地跃然纸上。他在记述琐事时，细腻入微，活泼多姿，耐人寻味。

张岱的小品文善用本色的语言，不重雕镂，不咬文嚼字，因而显得自然亲切，富有浓郁的生活气息，而且有着向时代靠拢的新气息。

知识点滴

张岱喜欢山水，癖于园林。这正是晚明文人名士标榜清高，避世脱俗的一种方式。无论山水，还是园林，张岱都崇尚清幽、淡远、自然、真朴。

这种审美意趣和追求，反映在他的小品中。他认为"西湖真江南锦绣之地。入其中者，目厌绮丽，耳厌笙歌。欲寻深溪、盘谷，可以避世，如桃源、菊水者，当以西溪为最。"

他认为古迹的一亭一榭，一丘一壑，布置命名，既要体现主人的儒雅学问，又要体现他的艺术个性和意趣情韵。这种见解和态度正是张岱的山水小品所追求的美学品位，也是他品诗论文的标准。

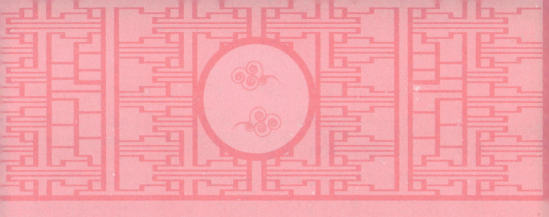

继承并发展的清代散文

历史进入清代，受到几千年文化熏陶的清代文人，一方面很好地继承了前朝的文化传统，一方面又将自己的创新融入进去，似乎又创造出新的繁荣。

清初散文大致可分为"文人之文"和"学者之文"两大类，文人之文以侯方域、魏禧、汪婉为代表，当时的人称他们为"清初三大家"，其中侯方域被推为第一。

三人继承了唐宋散文的文风传统，尤以韩愈、欧阳修古文为宗，各以不同的艺术方法抒发自己的思想情感，反映当时的社会现实。

侯方域少年即有才名，才思敏捷，才气逼人，擅长作诗，尤其擅长古文，著作有《壮悔堂文集》10卷，《四忆堂诗集》6卷。侯方域的散文以传记成就最高，影响较大。

侯方域的传记类文章常取用小说的表现手法，喜用小故事和典型细节传神写照，形成一种清新奇峭的风格。著名的人物传记是《李姬传》《马伶传》等。

学者之文以黄宗羲、顾炎武、王夫之为代表。黄宗羲是经学家、史学家，他注意继承传统，却又反对模仿，他主张写文章以抒发性情为主。他的散文剖析犀利，说理透彻，语言质朴，其成就主要体现在记叙文上。

顾炎武注重经学研究，反对空谈。他非常重视民族气节，是个有着强烈爱国心的人，写了很多有深刻见解的文章。他的散文代表作有政论《郡县论》《生员论》；亭台记有《复庵记》以及杂论《夸毗》等，文章语言朴实，含蕴深厚，具有强烈的现实性。

王夫之是明末的举人，喜欢读书写作，精于经学、史学、文学、

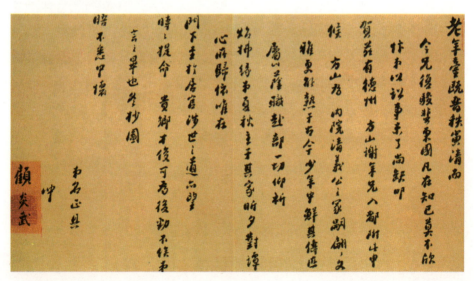

天文、历法、数学、地理等。他的散文创作主要长于史论与哲学论文，著名的有《读通鉴论》《宋论》《知性论》等。

这些文章精思独到，在思想上闪耀着战斗的光辉，风格纵横捭阖、博辩宏肆、文笔雄健。此外，记序杂文《船山记》《自题墓志铭》等也十分有特色，具有较高的艺术性。

清中期，桐城派占据了散文的霸主地位。桐城派人数最多，时间最长，影响最大，由于先后有三位领导人物都是安徽桐城人，因此称之为桐城派。代表人物为戴名世、方苞、刘大櫆、姚鼐，后三者被称为"桐城三祖"。

戴名世可以说是桐城派的先驱，他关于散文写作的见解包括了桐城派观点的萌芽。他写有人物传记、杂文小品、山水游记等，文笔自然挥洒，以自然平淡见长。他的杂文抒愤写意、酣畅淋漓、尖锐泼辣；叙事文，字里行间充满着浓挚的情感；山水游记，空灵超妙，给人超凡脱俗之感。

"桐城三祖"方苞、刘大櫆、姚鼐文风有相同的地方，又有不同的地方。他们都注重章法的严谨、用语的雅洁，叙事写人善于抓住典型细节渲染、摹画以传其神，偏于追求阴柔之美，但他们的不同之处也很明显。

方苞的散文理论是提倡"义法"，义就是内容，法就是形式。对

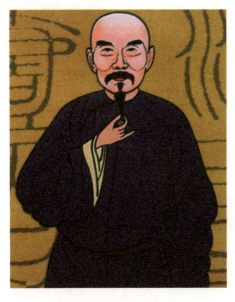

于内容，要求醇正，对于形式，讲究布局、章法、选辞、造句，提倡古朴简约，要求语言雅洁，反对俚语和俪语。代表作有《左忠毅公逸事》《狱中杂记》等。

刘大櫆的散文比方苞活泼，讲究辞藻，风格雄奇，且富有感情，但蕴含义理不如方苞，内涵不深，底蕴不足，题材也不够丰富。

姚鼐是桐城三祖中成就最显著的，是桐城派的领袖、核心人物。1763年，姚鼐考中进士，历任山东、湖南副考官、刑部侍郎、《四库全书》编修官等。他广收门徒，影响更为长远。

姚鼐的散文创作风格偏向阴柔，以韵味取胜，于简洁严谨中力求悠闲舒缓，平淡自然。他擅长序、记、碑、传及书一类的写作，形象性较强，比方苞和刘大櫆的文章更有文采。《登泰山记》《游眉笔泉记》《李斯论》等都很有特色。其文法考究，语言雅洁，叙事写人，富有神韵。

在桐城派之后的清代中后期，受桐城派影响，出现了一些小流派，其中有影响的有湘乡派、侯官派等散文流派，他们都是从学习桐城文起家，有一定的影响力。

晚清时期，散文也有了新的发展，这个时期的散文加强了文章的现实性和政治性。在表达形式上，此时期散文更加自由多样、新鲜活泼，语言则尽量浅显易懂，体现了近代散文的艺术特点。

　　魏源、龚自珍等人开创了启蒙时期。他们的散文宣传社会变革，呼唤时代风雨。

　　龚自珍是道光时期的进士，他的文章不讲宗法，凡经、史、诸子百家无不融贯，题材广泛，立意新鲜，个性鲜明，多具时代特色。他的文章内容多关于时政，或议论，或讽刺，或一般记叙，语言风格活泼多样，尤以纵横恣肆、透彻明快著称，开创了有别于桐城派的散文风气，标志着清代散文的转折。

　　龚自珍的名篇《病梅馆记》是一篇寓言性杂说。文章从题目到正文，无一处不在谈论梅树，而实际上表现的是一种对个性与自然的尊崇，表达了作者向往人格自由、渴望社会变革的愿望。

　　晚清时期，康有为和梁启超是散文界最有影响力的名家，他们的散文代表报章体的鼎盛。

　　康有为是资产阶级改良派的领袖，重要的政治活动家和思想家，他的政论文深刻分析时事，宣传变法维新，气魄宏伟。

　　梁启超是光绪时举人，是康有为的弟子，他也是资产阶级改良派的领袖，著有《饮冰室合集》，曾主编《时务报》《新民丛报》《新小说》等报刊。

　　在散文方面，梁启超提出"文界革命"的口号，一方面他大力斥责桐城派和八股文，一方面通过报刊大写新体文章。

由于他的多数文章发表于《新民丛报》，因此称"新民体"。这种"新民体"为晚清的文体解放和五四白话文运动开辟了道路，影响巨大。最能代表"新民体"的文章是《少年中国说》。文章风格恣肆而又平易畅达，有骈文，有散体，或单行，或排比，句式参差变化，条理清晰，笔锋饱含感情，充分体现了"新民体"特色和优点，也体现了一种新的散文样式。

新民体是一种介于古文与白话文的文体，为梁启超受桐城派古文与明清小说文体影响而创造，特点为更加直捷明快。新民体杂糅桐城派古文与《三国演义》等小说文体，在清末为厌倦八股文程式的青年才俊所激赏，传播很广。

知识点滴

梁启超文学创作上有多方面成就，散文、诗歌、小说、戏曲及翻译文学方面均有作品问世，其中尤以散文影响最大。

梁启超散文"新文体"是五四以前最受欢迎、模仿者最多的文体。

1905年梁启超写《俄罗斯革命之影响》一文，文章以简短急促的文字开篇，如山石崩裂，似岩浆喷涌："电灯灭，瓦斯竭，船坞停，铁矿彻，电线斫，铁道掘，军厂焚，报馆歇，匕首现，炸弹裂，君后逃，辇毂塞，警察骚，兵士集，日无光，野盈血，飞电刿目，全球拊舌，于戏，俄罗斯革命！于戏，全地球唯一之专制国遂不免于大革命！"

然后，以"革命之原因""革命之动机及其方针""革命之前途""革命之影响"为题分而析之，丝丝入扣。文章气势磅礴，极有说服力。